商用職場必備！

超解析日本語敬語

情境×對象×例句快速查找，
高效學習即刻開口說

読むだけで身につく
敬語手帳

山田敏世・監修

曾瀞玉、高詹燦・譯

前　言

在與家人或親密好友交談時，沒有人會擔憂應該如何使用敬語、如何組織語言。

然而似乎有許多人一旦碰到了商業夥伴或者上司就倏然膽怯起來，覺得自己不擅長說話了。

「如果我說了什麼失禮的話，惹對方生氣了該怎麼辦？」

「我這樣說會不會顯得很丟臉呢？」

這種忐忑不安的心情，將想說的話都梗在了喉嚨裡。

我們學習敬語的目的，是要與不同年齡、不同經驗、不同立場的人們建立良好的關係。學會謙恭有禮的表達方式，就能夠在上司和前輩面前述說自己的意見，或是提出一些難以開口的請求，以及表達感激與歉意。此外，對親近的人使用敬語說話，也能傳達日常感謝之情。

學習敬語最重要的不是對文法的理解，而是培養為對方著想的心。

「お越しいただき、ありがとうございます。」

（謝謝您勞步光臨。）

「お手数をおかけしますが、よろしくお願いいたします。」

（勞您費心了，還請多多幫忙。）

當我們學會尊重與體貼、懂得讓對方顏面有光，能在不經意間說出這些話時，便能自然而然地拉近與對方的距離。

希望與本書的相遇，可以讓您更加自信地活用敬語，並透過本書，於工作和日常生活中結交到更多優秀朋友，那將是我們莫大的榮幸。

2 場景對話例句 ▶ 接待訪客、拜訪、款待客戶

日文版 staff
設計指導：田中律子　DTP：田中由美　插圖：Bikke
編輯協助：村瀬航太／有限会社 クラップス

3 場景對話例句 ▶ 電話應對

4 場景對話例句 ▶ 溝通交流

如何閱讀和使用本書

本書將通過對話例句的形式，介紹如何使用合適的敬語和禮貌用語。對話框中的加大字體為筆者推薦的例句，但這並不代表對任何人都適合使用同樣的表達方式，因為敬語會依據話者與對方的關係、場景等條件，變化出各種形式。

例如在與身分地位比自己高的人、或者商業夥伴打交道時，便應該用盡量禮貌恭敬的表達方式，但對於部門內部關係較親密的上司和同事，即使說話隨意一些也不至於失禮。有些時候，用自然親切的語言反而更能拉近與對方的距離，建立更加深厚的職場人際關係。

敬語是一種表達信任和尊重的說話方式。分辨對話雙方的立場與情境，找到最適合你自己的措辭吧。

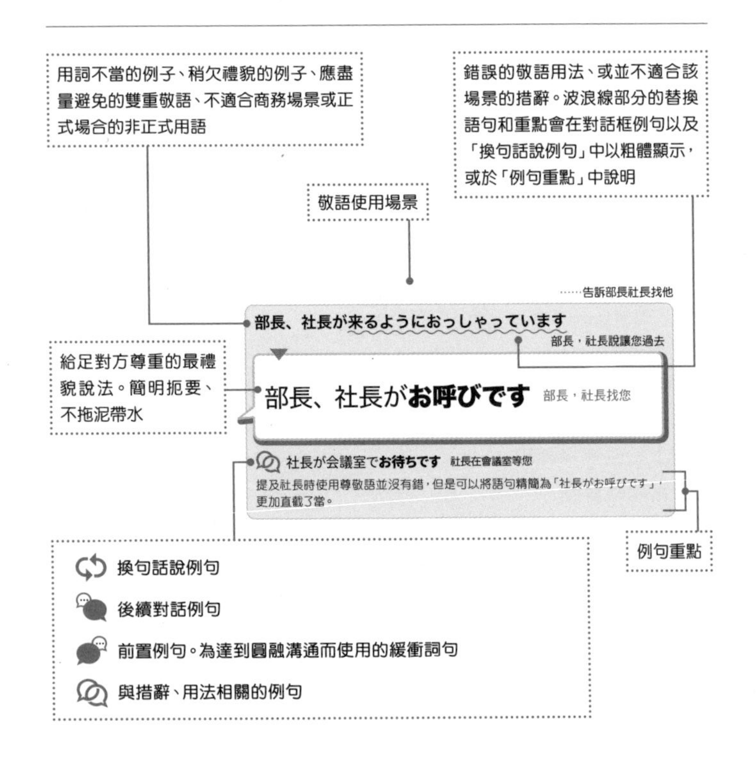

PROLOGUE

基礎敬語

爲什麼要使用敬語？

敬語是社會人士必備的基本禮儀。會使用敬語對他人表達尊重的人，無論是在工作還是生活中都會讓人留下良好的印象，獲得周遭的信賴。

敬語是與人交流的潤滑油

說到底，我們為什麼需要使用敬語呢？

這是因為我們**需要和不同年齡、不同經驗、不同立場的人們進行交流，一同工作或生活**。

敬重長輩和身分地位高的人，是日本人的習慣，也是一種美德。即使對方是無關利弊、素不相識的陌生人，在語言交流中給予對方尊重，已是日本社會中根深蒂固的常識。

此外，對職場的上司、前輩、合作夥伴公司、客戶等對象使用敬語也是一種商務禮儀。因此，不懂得使用正確敬語的人，無論工作能力再強都無法獲得信任，也永遠無法被視為獨當一面的人。

一般認為**敬語是維持良好人際關係的潤滑油**。只要適當地使用敬語，就能在尊重對方之餘，對任何人明確地表達自己的觀點，或是由衷地表達誠摯的歉意。**反覆使用正確的敬語可以讓對方產生好感**。反之，無法正確使用敬語有時會引發誤會，或者讓對方不適而招致反感，最壞的情況甚至會觸怒對方。

也就是說，敬語是用來緩和周遭人的情緒、建立舒適的人際關係、使他人接納自己的手段。無法說好敬語的人，無論是在生活中還是工作中，都會造成尷尬，自找苦吃。

不畏失敗，在實踐中學習

敬語並不是一蹴可幾，尤其在剛踏入社會的新鮮人時期，相信大家都曾對如何使用敬語感到困惑，失去信心。但是不用怕，**任何人都不是生來就能完美使用敬語的**。

在商務場合，我們有很多機會接觸不同年齡、職位、立場的人。敬語則是與這些人們建立良好溝通的手段，因此需要依據自己與對方的關係和當下的情境，找尋最合適的措辭。如果能夠有一本「死背下來就能完美使用敬語」的手冊該有多好，但是敬語會變化，必須依據說話對象、自身與話題主角的關係等因素，組合應該使用的詞句。我們無法舉一個萬能通用的說明例句，讓大家永遠使用同一種說法來對應所有場景。

因此，**掌握敬語最重要的就是從實踐中學習**。模仿前輩們的措辭，納為己用。積極主動地與客戶說話，發現有用錯的地方，就請上司和前輩指正。如此反覆練習，才是學習敬語的最快途徑。

同時，學習敬語的種類和結構也是關鍵。在學習初期就將敬語的基礎徹底記牢（如尊敬語和謙讓語的區別等），可為日後的運用打下基礎。

即使自己比對方年長，基於禮貌對於公司外部人士應一律使用敬語。在工作中對公司的同事和後輩也應該使用敬語，保持適度的緊張感。

敬語結構複習

僅僅把例句背下來並不能算是掌握了敬語。要做到依據雙方關係、場景、當下情況，自然地說出敬語，就必須了解其中的種類和基本功用。

5種敬語

許多不擅長使用敬語的人似乎都對尊敬語與謙讓語的區分使用感到十分忐忑，但這其實並不難。簡而言之，**在表述對方的行為時使用尊敬語，在表述自己的行為時使用謙讓語**即可。

這兩種用語的共通要點在於抬高對方。在和公司外部的人交談時，如果話題中出現了公司內部的人，即使那位內部人士是自己的上司，也應使用謙讓語而非尊敬語。首先記住這一點就沒問題了。

熟練運用敬語的捷徑在於掌握敬語的種類和功用。本書將根據文化審議會提出的「敬語指南」，將敬語分為以下5個種類進行說明。

1 尊敬語「いらっしゃる／おっしゃる」型
例）ご覧ください　（敬請過目）

2 謙讓語Ⅰ「うかがう／申し上げる」型
例）差し上げます　（謹奉上～）

3 謙讓語Ⅱ「まいる／申す」型
例）御社にまいります　（造訪貴公司）

4 禮貌語「です／ます」型
例）おいしゅうございます　（十分美味）

5 美化語「酒水／食物」型
例）お酒が好きです　（我喜歡喝酒）

1 尊敬語「いらっしゃる／おっしゃる」型

對他人的行為或事物表達尊敬之意

關於行為的尊敬語	一般用語
いらっしゃる、おいでになる／光臨、蒞臨	行く、来る、いる／去、來、在
見える、来られる／大駕、屈尊	来る／來
おっしゃる／說	言う／說
なさる／做	する／做
くださる／惠予	くれる／給
読まれる、お読みになる／台鑒	読む／讀
ご覧になる／過目	見る／看
召し上がる／食用	食べる、飲む／吃、喝
お出かけになる／外出	出かける／外出
利用される、ご利用になる／使用	利用する／使用
ご出席になる／出席	出席する／參加
始められる／開始	始める／開始
お休みになる／就寢	寝る／睡
お召しになる／更衣	着る／穿

尊敬語就是「以尊敬對方的方式來表達對方或第三方的行為、事物、狀態」，簡言之，就是一種**抬高對方或話題裡人物**的敬語說法。

當我們發自內心地尊敬對方、或是依據當下情況應該尊重對方時，便可以使用尊敬語，從措辭上將對方放在一個高於自己的位置。

當對方是上司、公司外部人士、年長者時，就應該使用尊敬語。不過在和自己公司以外的人交談時，應視公司內部的人為「自己人」，即便是提及自己的老闆，也不能用尊敬語來稱之。

部長は本日、本社へ**行く**予定でしたね
部長，您今天要去總公司對吧

部長は本日、本社へ**いらっしゃる**予定でしたね

使用尊敬語「いらっしゃる」取代「行く」，即可抬高對方的地位。

對出現在話題中的人物表示尊敬

尊敬語不僅使用在1對1交談的時候，在提到對方的家人或第三方時也會使用。也就是說，**即使話題裡的人物不在場，也可以用敬語來表達對該人物的尊敬**。

比如說，當交談對象是上司的家人或同事時，使用敬語來表述上司的行為、事物、狀態便可表達對上司的尊敬。

事物和狀態相關的尊敬語

除了行為以外，還有關於事物（名詞）和狀態（形容詞等）的尊敬語。

お客さまの**お名前**と**ご住所**をお聞かせください
請教客人您的尊姓大名與府上地址

皆さま、**お元気**でいらっしゃいますか？
各位別來無恙？

先輩、今週末は**お忙しい**ですか？
前輩，這個週末您忙嗎？

不可對己方事物使用尊稱，如「わたくしのお名前は○○です」。

2 謙譲語 I「うかがう／申し上げる」型

藉由自謙來抬高對方地位，表達尊敬

關於行為的謙讓語 I	一般用語
うかがう／拜訪、聽聞、請教	行く、聞く、たずねる／去、聽、問
申し上げる／說	言う／說
存じ上げる／拙見	知る／知道
差し上げる／奉贈	あげる／給
いただく／拜受	もらう／收下
お届けする／送達	届ける／送達
お誘いする／恭請	誘う／邀請
ご案内する／引導、介紹	案内する／引導、介紹
ご説明する／說明	説明する／說明
お目にかかる／拜見	会う／見面
お目にかける／ご覧に入れる 展現給～看	見せる／展現給～看
拝見する／瞻仰	見る／看
拝借する／商借	借りる／借

謙讓語 I 是「以謙卑的方式描述自己對對方或第三方所做的行為與內容」。簡而言之，就是**透過貶低自己或話題中的人物來提高對方地位，表達尊重**的一種敬語。

行為方面的謙讓語 I 有「うかがう」、「申し上げる」、「差し上げる」、「お目にかかる」等。

當需要兼顧致敬與自謙時，或是該場合需要給予對方尊重時，便可以使用謙讓語 I 來內斂地表達我方，達到恭維對方的目的。此外，謙讓語 I 有時也用於事物（名詞）上，比如「お客さまへの**お手紙**（給客人的信件）」、「お客さまへの**ご説明**（對客人做的說明）」。

明日、御社に**行きます** 明天我將去貴公司

明日、御社に**うかがいます**
明天我將拜訪貴公司

使用謙讓語Ⅰ「うかがう」取代「行く」便可抬高對方的地位。

使用謙讓語表達自己公司的人

謙讓語Ⅰ不僅可以用來表述自己的行為，還可用來指稱己方人物或第三方的行為。例如，在向公司以外的人提到公司內部人員的行為時，就不應該用尊敬語，而是使用謙讓語Ⅰ。

例 對外部人士談到內部人員的行為時

○ わたくしどもの社長が、御社へ**うかがう**予定です
敝公司的社長將拜訪貴公司

× わたくしどもの社長が、御社へ**いらっしゃる**予定です
敝公司的社長將光臨貴公司

3 謙讓語Ⅱ「まいる／申す」型

謙卑並禮貌地表達己方的行為

關於行為的謙讓語Ⅱ	一般用語
まいる／前往	行く、来る／去、來
申す／說	言う／說
いたす／做	する／做
おる／在	いる／在
存じる／知道、覺得	知る、思う／知道、覺得

謙讓語Ⅱ是「向聽者或讀者禮貌地表述己方的行為、事物等」，簡言之，是藉由貶低話題裡人物來**表達對聽者敬意**的敬語。

此種形式不僅可用於自己，也可以用來描述己方人的行為，如「会社の者がまいります（我司會有人前往）」。但表述對方行為時不可使用謙讓語Ⅱ，如「「どちらからまいりましたか？（您從哪裡來拜訪的？）」

此外，也會用「小社（敝司）」、「弊社（敝公司）」、「拙宅（寒舍）」等謙讓語Ⅱ來客氣地表述與自身相關的事物（名詞）。

明日、御社に**行きます** 明天我會去貴公司

明日、御社に**まいります**
明天我將前往貴公司

此處使用謙讓語Ⅱ「まいる」取代「行く」可加重禮貌程度，給人恭敬的印象。

明日、営業の者が御社に**まいります**
明天敝公司的業務員會前往貴公司

謙讓語Ⅱ除了指稱自己的行為，還可以描述己方人物的行為。

謙讓語Ⅰ和謙讓語Ⅱ的區別

謙讓語Ⅱ是對眼前聽自己說話的人使用的敬語，因此，即便談話中提及了不適合表達敬意的人物，也可以使用「まいる（前往）」等措辭。

另一方面，謙讓語Ⅰ是對「該行為的對象」使用的敬語，如果不適合對該人物表達敬意，就不可使用「うかがう（拜訪）」一類的措辭。

〔謙讓語Ⅱ〕**まいる**

○ 明日、御社に**まいります**
明天我將前往貴司

○ 明日、妹のところに**まいります**
明天我將前往我妹妹家

「まいる」是對「聽自己說話的人」用的敬語，所以即使「該行為的對象（要去的地方）」是自己的妹妹家也可以這麼用。

〔謙讓語Ⅰ〕うかがう

○ 明日、御社に**うかがいます**
明天我將拜訪貴司

× 明日、妹のところに**うかがいます**
明天我將拜訪我妹妹家

「うかがう」是針對「該行為的對象（要去的地方）」使用的敬語，只在要尊敬該對象時使用。

4 禮貌語「です／ます」型
語尾加上「です」、「ます」以表示客氣

語尾加上「です」、「ます」這類語詞來「有禮貌地向聽者或讀者傳達事情」，就叫做禮貌語。禮貌的表達方式可以讓對方感受到**話者的謙和有禮，以及尊重之意**。

此外，面對尊長或客戶，有時還可使用更鄭重的「（で）ございます」。

受付は1階だ 櫃檯在1樓
➡ 受付は1階**です**／受付は1階**でございます**

午後から雨が降る 下午會下雨
➡ 午後から雨が降**ります**

おいしい 好吃
➡ **おいしゅうございます**

對關係親近的人說禮貌語就夠了

禮貌語經常會和尊敬語、謙讓語組合使用，不過只用禮貌語同樣能夠表達些微的敬意。對於關係比較親近的人，可以刻意只說禮貌語，避免太過嚴肅拘謹的敬語。

〔尊敬語＋禮貌語〕→**「ご覧になる」（尊敬語）＋「ます」（禮貌語）**

〇〇さん（先輩）は、最近、映画を**ご覧になりました**か？
〇〇先生／小姐（前輩）最近有沒有去觀賞電影呢？

〔只用禮貌語〕→**「ます」（禮貌語）**

〇〇さん（先輩）は、最近、映画を**観ました**か？
〇〇先生／小姐（前輩）最近有沒有看電影呢？

5 美化語「酒水／食物」型

加上「お」、「ご」的措辭更優雅。

お酒（酒）、**お茶**（茶水）、**お料理**（餐點）、**お菓子**（點心）、**お箸**（筷子）、**お金**（錢）、**お化粧**（妝容）、**おみやげ**（伴手禮）、**ご祝儀**（賀禮）、**ごあいさつ**（寒暄）

美化語，是指在名詞前加上「お」或者「ご」來「美化要說的事物」。使用美化語可以使我們的語言更加優美，**展現說話者的優雅和教養**。

但是外來語前面通常不加「お」或「ご」，例如「ジュース（果汁）」前不加上「お」。比如「トイレ（廁所）」這樣的外來語就直接使用，或是換成日語詞彙「お手洗い」、「お化粧室」，或是來表達「洗手間」、「化妝室」。

お酒を召し上がりますか？ 您想喝點酒嗎？
お料理は、お口に合いましたでしょうか？ 餐點還合您的口味嗎？

如果不使用美化詞，直接說「酒」、「料理」也沒有錯，只是這種說法可能會使人覺得你說話粗魯。

過度的敬語會導致辭不達意

敬語是為了更圓融地和不同年齡、立場的人溝通交流而使用的一種語言表達方式。如果一心想把話說得禮貌，結果讓整句話過於迂迴冗長，反而會讓對方更難理解你的意思。

雙重敬語

「一個詞語重複用了同類型的敬語」叫做「雙重敬語」，一般認為是不當的表達方式。

例如將「読む（讀）」轉化為尊敬語「お読みになる」，再於語尾加上尊敬語「れる·られる」，變成「お読みになられる」這種用法。

使用過多的敬語將顯得說話拐彎抹角，容易語焉不詳，因此表達方式應盡量簡潔。

不過有些雙重敬語早已積非成是，如「お召し上がりになる（品嚐享用）」、「お見えになる（蒞臨抵達）」、「おうかがいする（前往拜會）」都是很普遍的慣用句。

雙重敬語

お読みになられる＝「お読みになる」＋「れる·られる」

× 資料を**お読みになられましたか**？ 您已經讀過資料了嗎？

避免雙重敬語的簡潔敬語

○ 資料を**お読みになりましたか？**

○ 資料を**読まれましたか？**

直接簡潔地說「お読みになりましたか？」「読まれましたか？」更容易表達意思。

敬語串聯

除了雙重敬語以外，若是「將2個以上詞語轉為敬語形式後，用接續助詞『て』串聯起來」，就叫做「敬語串聯」。

比如將「ご案内する（引路）」與「さしあげる（奉上）」連在一起，變成「ご案内してさしあげる」，將「お読みになる（閱讀）」和「いらっしゃる（在）」連在一起，變成「お読みになっていらっしゃる」的這種用法。

敬語串聯和「雙重敬語」一樣，**都會導致說法過於迂迴而難以表達意圖**，應盡量改用簡潔的敬語。

敬語串聯

ご案内してさしあげる＝「ご案内する」＋「さしあげる」

✕ ご案内してさしあげましょうか？

過於注重禮貌，反而難以理解。

避免敬語串聯的簡潔敬語

○ ご案内いたしましょうか？

MEMO

注意「させていただきます」的濫用

「させていただく（讓我）」原本是用於得到對方的允許來做某件事時。如果未經考慮就濫用，不只會辭不達意，甚至會給人一種在做表面功夫、浮誇的印象，適得其反。

✕ お話をうかがい、**感動させていただきました**

聽了您的話，讓我感動了

此處合適的敬語表達方式為「感動いたしました（我很感動）」。

告別打工敬語和年輕人用語

即便敬語的用意在於尊重對方，但若使用不當，也可能會讓對方感到不適。對於打工敬語、年輕人間的流行用語等不恰當的日文說法，我們應該要有清楚的認知，加以改正。

打工敬語

所謂的打工敬語，是店家為了不熟悉敬語的兼職員工而準備的一套服務人員用語。最初是家庭式餐廳和便利商店的店員在用這些敬語，如今則已廣泛滲透到各年齡層，甚至一些錯誤的說法也已經變成固定表達方式了。

正確的敬語是「注文は、以上でよろしいでしょうか？（以上餐點外，還需要什麼嗎？）」不必刻意加上「～のほう」。過去式的「よろしかった」也是錯誤用法。

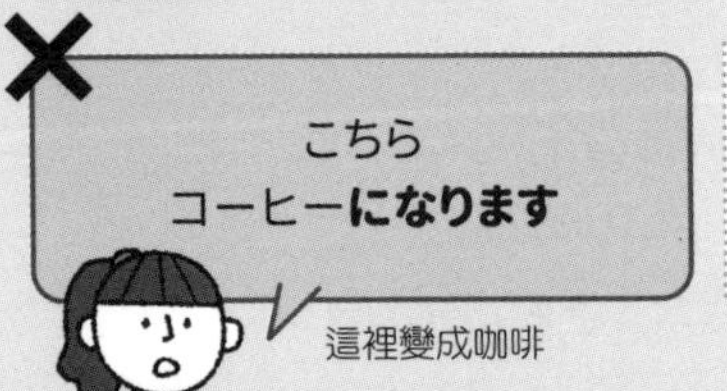

「～になります」是用來表達事物A變成了B。為客人上菜或提供商品時，應使用「～でございます」或「～をおもちいたしました」。

不知道這種說法是否出自於想要表達「收您1000日圓，由這些錢裡收取款項」，但這樣的日語並不恰當。正確說法應該是「1,000円、お預かりいたします」。

年輕人用語

在年輕人獨特的用字遣詞中，最典型的就是不把話說清楚的「含混語（ぼかし言葉）」。

在應該明確講出「わたしはそう思います（我認為～）」時，用「わたし的にはそう思います（我傾向認為～）」來含糊其辭，這種表達方式會製造出隔閡，**給人一種逃避責任的印象**，不可不慎。

還有「タクる（搭計程車）」、「お茶する（進咖啡廳）」這樣直接在名詞後面添加「る」的年輕人用語，由於不同年齡層對語義的認知存在差異，應避免在商務情境和正式場合使用。

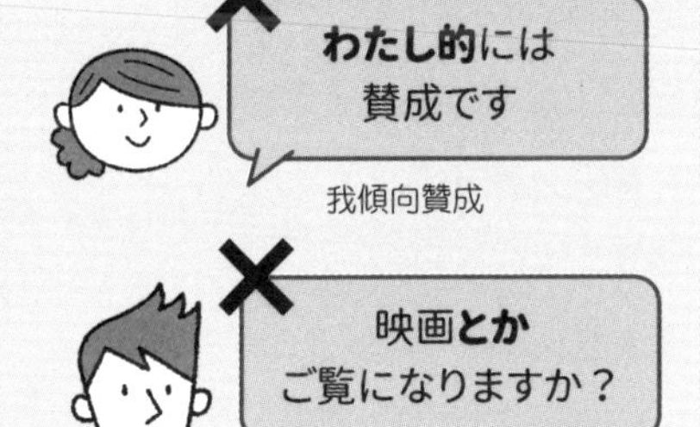

我傾向贊成

你要看電影之類的嗎？

應該直接說「わたしは賛成です」時，卻用「わたし的」表達，會形成一種模糊自我存在感的印象。

這種表達也相當氾濫，無意識地加上「とか」這種沒有意義的詞。請直接說「映画をご覧になりますか？」

MEMO

避免使用朋友之間的用語

有些在日常生活中耳熟能詳的詞，無意間就會變成口頭禪，在不自覺間脫口而出。比如「超～」、「マジ（真假）」、「ヤバい（靠）」、「～ってゆうか（話說～）」等較為粗俗、隨興的表達方式。這些詞彙在朋友之間使用沒有問題，但若在商務或正式場合中使用，就會顯得輕浮，需要多加留意。

善用緩衝詞

「緩衝詞」指的是進入正題前所作的簡短鋪墊。緩衝詞用得好，可以吸引對方的注意，也讓我們更容易提出要求，或說出一些難以啟齒的話。

緩衝詞

失礼ですが、お名前をお聞かせいただけますか？
不好意思，請問尊姓大名？

緩衝詞

まことに申しわけございませんが、
お約束のない方のお取り次ぎはいたしかねます
十分抱歉，沒有預約的話，請恕我無法接待

使用緩衝詞，讓整句話顯得客氣委婉。

提出請求／疑問／建議時

お忙しいところ、恐れ入りますが… 不好意思，在百忙之中打擾……
お手数をおかけしますが… 勞煩了……
ご面倒をおかけしますが… 很抱歉造成不便……
失礼ですが… 恕我失禮……
さしつかえなければ… 您如果方便的話……
よろしければ… 如果可以的話……
つかぬことをおうかがいしますが…
冒昧向您請教一事……

難以開口的時候／道歉的時候／拒絕的時候

まことに申しわけございませんが… 實在很抱歉……

まことに恐縮でございますが… 實在是不好意思……

ご迷惑かとは存じますが… 很抱歉給您添麻煩……

ご不便をおかけしますが… 很抱歉勞煩您……

せっかくではございますが… 謝謝您的好意，不過……

あいにくでございますが… 非常不巧……

残念ではございますが… 很遺憾……

わたくしの思い違いかもしれませんが…
我的理解或許有可能是錯的……

MEMO

「恐れ入りますが…」與「さしつかえなければ…」

在提出請求時該使用何種緩衝詞，取決於你想留給對方多少拒絕的餘地。如果是帶有一定強制力的請求，可以使用「恐れ入りますが…」；如果是容許對方拒絕的，則使用「さしつかえなければ…」更恰當。

恐れ入りますが、至急ご調査いただけませんでしょうか？
不好意思，可以請您盡快調查嗎？

さしつかえなければ、ご用件をお聞かせ願えますでしょうか？
方便請教您有何貴幹嗎？

替換爲禮貌用語

在商務情境或正式場合，除了使用敬語以外，還需要使用禮貌性措辭。只需要將一些日常用語換成稍微禮貌一點的詞彙，給人的印象便能截然不同。

どうですか？➡いかがですか？

いいですか？➡よろしいですか？

誰ですか？➡どなたですか？

どんなご用件ですか？➡どのようなご用件ですか？

いくらぐらいですか？➡いかほどですか？

不管是對公司內部或對外，只要在工作中的對話，就使用有禮貌的說法吧。

日常用語	禮貌用語
いま／現在	**ただいま**／當前
さっき／このあいだ、この前 剛才／前幾天、之前	**先ほど／先日、以前** 適才／近日、早先
あとで／之後	**のちほど、後日**／稍後、日後
すぐに／馬上	**さっそく、間もなく、早急に** 盡速、立時、即刻
少し、ちょっと／一點	**少々**／些許
とても／すごく　很	**たいへん／非常に**　十分／相當
やっぱり／我就知道	**やはり**／果不其然
じゃあ／那	**では、それでは**／那麼
こっち／そっち／あっち／どっち 這裡／那裡／哪裡	**こちら／そちら／あちら／どちら**　此處／那處／何處
昨日（きのう）／一昨日（おととい）　昨天／前天	**さくじつ／いっさくじつ** 昨日／前天
今日（きょう）／今天	**本日**／今日
明日（あした）／明後日（あさって）　明天／後天	**みょうにち／みょうごにち** 明日／後天
去年（きょねん）／一昨年（おととし）　去年／前年	**昨年（さくねん）／一昨年（いっさくねん）** 昨年／前年

寒暄與
報、聯、商

日常問候

與公司內的人寒暄

打招呼是溝通的基礎。日復一日的語言交流能使同事之間彼此理解，職場氣氛更融洽。

……比上司和同事早下班時

お疲れさまでした　辛苦了

お先に失礼いたします　我先走了

お先に失礼します　我先下班了

和還在公司裡的人打聲招呼後再離開公司。對還留在公司繼續工作的人，並不適合說「お疲れさま」。要比上司和同事更早下班時，可以說「お先に失礼いたします」（對同事則可以用「お先に失礼します」）。

Point　說「お先に失礼いたします」也是在告知公司同事們你要回家了。說的時候要大聲並吐字清晰。

おはよう 早

おはようございます 早安

〇〇部長、おはようございます　〇〇部長，早安

早晨的問候是最基本的交流。應看著對方的眼睛，發音清晰明確。即使是對位階較低者，也要記得使用禮貌用語「です・ます」。

……外出時

行ってきます 我出去了

～へ行ってまいります。
〇時までには戻ります　我要去～，〇點之前會回來

銀行へ行ってまいります。〇分ほどで戻ります
我去一趟銀行，約莫〇分鐘後回來

原則上應在外出時告知他人自己要去哪裡、做什麼，以及返回公司的大概時間。「行ってまいります」是「行ってきます」的謙讓說法，為更加禮貌的表達方式。

……離開座位時

昼飯、行ってきます 我去吃午飯

食事に**行ってまいります。**
〇時までには席に戻ります　我要去吃飯了，〇點之前會回來

～の件で総務課まで行ってまいります　我要去總務課，處理～的事

外出吃飯時、要去別層樓的其他部門時，應事先告知目的地和返回時間。

……目送他人外出時

ご苦労さまです 辛苦你

行ってらっしゃいませ 請慢走

お気をつけて 注意安全

一般情況下會使用「行ってらっしゃい」。在語尾加上「ませ」可以使語氣更柔和。對位高者說「ご苦労さま」是不禮貌的用法。

……從外面回到公司時

ただいま 回來了

ただいま、戻りました 我回來了

ただいま､帰りました 我回來了

不要簡略為「ただいま」，應該完整地說「ただいま､戻りました」。出聲打個招呼，周圍的人就會知道你已經回到公司了。不要默不作聲地回到座位。

……外出的同事回到公司時

ご苦労さまです 辛苦了

お帰りなさいませ 歡迎回來

お疲れさまです 您辛苦了

基本說法是在語尾加上「ませ」，用「お帰りなさいませ」的說法。想要說些話體恤上司或者前輩時，並非說「ご苦労さま」，而是用「お疲れさまです」。

……與下班準備回家的人寒暄

ご苦労さまでした　辛苦你

お疲れさまでした　您辛苦了

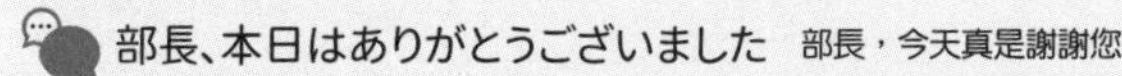

部長、本日はありがとうございました　部長，今天真是謝謝您

「ご苦労さま」是上級對下級表達體恤時使用的言詞。如果當天上司在工作方面幫助了你，還可以加上一句「本日はありがとうございました」。

……在公司與社長或上司擦肩而過時

どうも…　你好……

お疲れさまでございます　您辛苦了

失礼いたします　不好意思

問候是溝通之本。從別人面前經過時要說「前を失礼いたします（不好意思擋到您了）」，搭到同一座電梯時要說「失礼いたします」，出聲與人問候。

……對兼職員工表達慰勞時

お疲れさんです！　辛苦了！

ご苦労さまでした　你們辛苦了

皆さん、今日は**お疲れさま**でした　大家今天辛苦了

「ご苦労さま」是對幫自己公司工作的人表達慰勞之意時說的話。也可以用「お疲れさま」來表達。

日常問候

與公司外的人寒暄

在和外部公司的人交談時，需要有代表公司的自覺，並使用禮貌性措辭。即使對方表現得平易近人，也應該盡量使用敬語交談，不可沒大沒小。

……基本問候

お世話さまです 受關照了

いつもお世話になっております

承蒙關照

 先日は、ありがとうございました 上一次多謝您的關照

使用完整正確的問候語「お世話になっております」，不要將語句簡化成「お世話さま」。如果近期剛有過來往，則可以使用「先日は、ありがとうございました」，對久未見面的人則可以加上一句「お久しぶりでございます」或「すっかりごぶさたしております」。

Point 「お世話になっております」是最基本的問候。也可以臨機應變，視情況使用「おはようございます」、「いらっしゃいませ」等問候語。

このあいだはどうも… 上次謝謝你……

その節はいろいろとお世話になり、
ありがとうございました　前些日子承蒙您諸多關照，感激不盡

先日はお忙しい中、お時間をいただきまして、ありがとうございました
非常感謝您先前於百忙之中撥冗關照

對於關照過自己的人，在寒暄時加上一句感謝的話語更得體。把「このあいだ」換成更適合商務情境的「先日」、「その節」、「～の折（～那時）」等詞句更好。

いつも当店をご利用してくださり、ありがとうございます
感謝您一直以來對本店的惠顧

いつも当店を**ご利用くださり**、
ありがとうございます　感謝您一直以來對本店的惠顧

いつも**お引き立ていただき**、ありがとうございます
感謝您一直以來對本店的惠顧

這是與熟客的寒暄用語。「ご利用してくださる」為錯誤用法，正確應為「ご利用くださる」。

お元気でございますか？ 近來可好？

お元気で**いらっしゃいますか**？
近來可好？

すっかりごぶさたしております　好久不見，別來無恙

這裡用了「いる」的尊敬語「いらっしゃる」來表達尊敬。原則上禮貌語「ございます」不會用於對方身上。

……在走廊擦肩而過時

どうも… 你好……

いらっしゃいませ 歡迎

失礼いたします 不好意思

擦肩而過時應該停下腳步來問候。搭到同一座電梯時，應該主動詢問：「いらっしゃいませ。何階をご利用ですか？（歡迎，請問要去幾樓呢？）」

……在路上碰到時

…（会釈のみ） ……（只點頭示意）

こんにちは 您好

いつもお世話になっております 承蒙關照

在街上遇見客戶時，原則上應主動打招呼說「こんにちは」。但是打聽對方「どちらへお出かけですか？（您要去哪裡？）」就不討喜了。

……對快遞員和警衛問候

ご苦労さまです 辛苦了

お疲れさまです 您辛苦了

おはようございます 早安

這是對頻繁進出辦公室，如快遞員、警衛這類從業人員的問候語。雖然「ご苦労さま」也沒有錯，但改說「お疲れさまです」更鄭重。

今度、新しく担当になりました〇〇です　我是這次的新負責人〇〇

このたび、御社を担当させていただくことになりました、**〇〇〇〇と申します**

我是〇〇〇〇，本次將由我負責貴公司的相關業務

どうぞよろしくお願いいたします　請多多關照

「今度」應改說「このたび」，並報上自己的姓名。說完名字後，再接著頷首行禮，向對方說「どうぞよろしくお願いいたします」，展現自己的禮貌。

なにぶん新人なもので、失礼がありましたらご勘弁ください

我是新人，有什麼失禮之處還請見諒

入社したばかりで、**失礼もあるかと存じますが…**

我剛進公司，想必會多有失禮之處……

ご指導のほどよろしくお願いいたします　敬請多多指導

不要露出因為是新人，所以犯錯是理所應當的態度。例句中的「存じます」是「思う」的謙讓語，「存じる」再加上「ます」，形成禮貌用語。

報、聯、商

收到工作指示

本節將介紹接到工作指示時的應答方式。含混不清的回答有時會造成糾紛，因此應使用明確的語詞，將自己的想法述說清楚，避免造成誤會。

……被委派工作時

了解しました　了解了

はい。承知いたしました　好的，我知道了

かしこまりました　我知道了

「了解」一詞含有「有權者給予許可」這層意思在，對上級（上司或客戶）用「了解しました」是很失禮的說法。應該改說「承知いたしました」或者更謙虛的「かしこまりました」、「うけたまわりました」。

Point　「わかりました」的適用範圍僅限於同事或者與自己年齡相近的前輩。一般而言，有什麼問題的時候才會說「大丈夫」，這種說法彷彿是在說「不是很有把握，但請不用擔心」。

……上司有事找時

いま、行きます 馬上來

はい。ただいま、**まいります**

好的，我現在就過去

どのようなご用件でしょうか？ 請問有什麼事？

此處使用謙讓語「まいる」。如果手頭上有要緊的工作，一時分身乏術，可以再加一句：「すぐにまいりますので、少々お待ちください」。

……確認繳交期限時

では、今週中にやっておきます 那我這星期內會用好

では、**金曜日の午前中**に仕上げてお持ちいたします

那麼，我會在星期五中午以前做完並提交

月曜日の〇時までに提出するということでよろしいですね
是星期一〇點之前需要提交，對嗎？

比起說「這禮拜內」，清楚說出「星期一〇點之前」可以避免產生誤解。也不要直接用「やる」這個動詞。

……被問到有沒有問題時

とくにありません 沒有特別要問的

ございません 沒有問題

一つ質問がございます 我有一個問題

不要使用「とくにありません」這種曖昧不清的回答，會給人一種逃避責任的印象。應該明確地表達「ございません」。

……聽不懂他人的講解時

すみません。言っていることがよくわからないのですが…
不好意思，你說什麼我聽不懂……

わたくしの理解が追いつかず、
申しわけありません 很抱歉，我沒跟上無法理解

もう一度、ご説明いただけませんでしょうか？
可以麻煩你再講解一遍嗎？

「すみません」無法表達精確的情緒。要道歉時應說「申しわけありません」，有事相求則說「恐れ入ります」。

……被上司提醒時

わかってます／知ってます 我知道

承知しております 我已經知道了

存じております 我已經知道了

答應別人事情時，一般會說「かしこまりました」，在被人提醒時，則可以說「承知しております」、「存じております」，讓對方清楚地知道你答應了。

……工作量過多時

いまは忙しくて、お引き受けできません 現在太忙了，做不了

部長から頼まれている急ぎの仕事があり、
すぐに取りかかることができません
我必須處理部長交代的緊急工作，沒辦法立刻接下這件事情

明日の18時まででよろしければお引き受けできますが、いかがいたしましょうか？
如果能接受明天18點交的話，我就能夠處理。您覺得如何呢？

簡明扼要地告知無法接下工作的正當理由。如果能一併告訴對方怎樣的條件下可處理該項工作，就更完美了。

……自己無力解決時

わたくしには無理なので、他の方にお願いしていただけますか？
我做不到，您請別人幫忙好嗎？

やらせてはいただきたいのですが、
今日中に仕上げるのは難しいかと存じます
我很想接下，但是今天之內恐怕難以完成

いかがいたしましょうか？ 您覺得如何呢？

直接用「無理です」來拒絕可不是好辦法。另外，先以「申しわけございません」這類的緩衝詞開頭，就能拒絕得更委婉。

……拒絕加班時

すみません。今日は用事があるので失礼します
不好意思，今天我有事要先走了

本日は**どうしても外せない**
用事があるので…
我今天實在是
有事情必須去辦……

定時で上がらせていただけないでしょうか？ 能不能准許我按時下班呢？

強調有「必須去辦的事情」，也可以再加上一句「お役に立てず、申しわけございません（很抱歉幫不上忙）」，讓對方明白你也是百般無奈。

匯報與聯絡上司

對上司匯報是身為員工的義務。不需要過於繁複的敬語和拘泥於形式的措辭。不要浪費對方的時間，盡量說得簡潔明白。

……向忙碌的上司匯報時

ちょっとお耳を拝借できますでしょうか？　可以把耳朵借給我一下嗎？

～の件でお伝えしたいことがあります

我想和您報告關於～的事

お耳に入れておきたいことがあるのですが…　有件事情想要知會您……

不要把該報告的重點放在後面，應該簡潔地表明是「～の件」、「～について」。「お耳に入れる」是「知らせる」、「告げる」（告知）時使用的謙辭。派對司儀常用的「お耳を拝借」表達方式過於誇張，不適合對上司報告時使用。

報告多個事項時

ご報告したいことが、
3件ございます
我有3件事情需要報告

Point　有時我們需要向忙碌的上司一次稟報多個事項。這種時候可以開宗明義地說：「ご報告したいことが､3件ございます」，加速對方理解。

……詢問情況或計畫時

いま、いいですか？ 可以打擾一下嗎？

ただいま
よろしいでしょうか？ 請問能打擾您一下嗎？

5分ほどお時間をいただきたいのですが… 我想占用您5分鐘時間……

對於工作繁忙的上司，應用「よろしいでしょうか？」鄭重地詢問。事先告知你的報告會占用多少時間，對方也會更願意聽你說話。

……未能及時報告時

報告が遅れて、すみません 不好意思，報告晚了

ご報告が遅れて、
申しわけございません 非常抱歉未能及時報告

～について、お伝えしたいことがあります 我想和您報告有關～的事情

在商務場合不應該使用「すみません」，要改說「申しわけありません」、「申しわけございません」。

……報告工作進展順利時

いちおう確認したので、大丈夫だと思います 姑且確認過了，應該沒問題

予定通り順調に進んでおりますので、
ご安心ください 正按照計畫進行得很順利，請您放心

～の件について、途中経過をご報告いたします 向您報告～這件事的進展情況

嚴禁在行為前加上「いちおう」一詞，模糊掉焦點。「大丈夫」則是當可能會出現一些問題時，才會用來消除對方的疑慮。

……報告過程進度時

前向きに検討しますと言っていました 對方說會認真考慮

～の件は、前向きに**ご検討いただけるとのことでした**

關於～的事情，對方說會認真考慮

お返事は、来週の月曜日にいただくことになっております
下週一可以得到回覆

報告過程進度時，應盡量避免主觀臆測或樂觀估計，正確陳述事實才是關鍵。不過在轉述對方言論時需要改用禮貌用語。

……生意談不攏時的報告

来期の契約は無理みたいです 下一期合約好像簽不成了

来期の契約を見合わせたい**とのお返事でした**

對方回覆說，希望暫停下期合約觀望一下

予算のご都合で、来期はお取り引きいただけない**との結論でした**
對方給出的結論是，由於預算不足所以下期沒辦法繼續交易

簡潔地陳述最終結果，以「～とのお返事でした」作結。即便要報告的內容令人難以啟齒，也不應使用「無理みたいです」這種迂迴的表達。

……借用資料時

資料を借ります 借一下資料

～の資料を**お借りいたします**

和您借一下～的資料

～の資料を**拝借します** 借用一下～的資料

「お借りする」、「拝借する」是「借りる」的謙讓語。即使報告的是借用資料這樣的小事，在公司裡的日常言談都應該盡量使用敬語。

……接到內線電話，告訴部長說課長不在時

課長はただいま、席を外していらっしゃいます
課長現在不在座位上

課長はただいま、
席を外して**います**
課長現在不在座位上

戻りましたら、そのように伝えておきます　等他回來以後，我會如實轉達

部長的職位在課長之上，因此稱課長的行為時不應該使用尊敬語，而是用「席を外しています」。「お戻りになられましたら、そのように申し伝えておきます」這種說法用了敬語指稱課長，也是不對的。

……告訴部長社長找他

部長、社長が来るようにおっしゃっています
部長，社長說讓您過去

部長、社長が**お呼びです**　部長，社長找您

社長が会議室で**お待ちです**　社長在會議室等您

提及社長時使用尊敬語並沒有錯，但是可以將語句精簡為「社長がお呼びです」，更加直截了當。

……離開座位去接待客人時

お客さまが来たので、応接室に行ってきます
有客人來，我去一趟會客室

お客さまが**お見えになった**ので、
応接室に**行ってまいります**　有客人來訪，
我去一趟會客室

お客さまが**いらした**ので、応接室に行ってまいります
有客人來訪，我去一趟會客室

離開座位前要與周圍的人告知自己的去向。「お見えになる」、「いらっしゃる」是「来る」的尊敬語。「行ってまいります」是「行ってきます」更有禮貌的謙讓表達。

……告訴上司客人會遲到時

○○様が30分ほど遅れてまいられるそうです
○○先生／小姐說會晚到30分鐘

○○様が30分ほど遅れて
お越しになるそうです
○○先生／小姐說會晚到30分鐘

遅れて**いらっしゃる**そうです　客人說會晚到

「まいる」是「来る」的謙讓語，將句尾改為「まいられる」也不會變成敬語。應該用「お越しになる」、「いらっしゃる」、「お見えになる」（来る的尊敬語）。

……告知上司約定的時間有變時

さっき○○さんから、時間を変更してくれと言われました
剛才○○先生／小姐說要改時間

先ほど○○様から、打ち合わせ日時を
変更してほしいという依頼がありました
方才○○先生／小姐提出要求，希望可以更改會議時間

本日の午後、改めて連絡をくださるそうです　對方今天下午會再聯繫我們

聯絡事情的要領在於簡潔精確。與其堆砌過多的敬語，不如直接說「日時を変更してほしいという依頼がありました」，讓人一聽就懂。

……在電話中告知會晚回公司時

会社に戻るのが○時を過ぎそうです
感覺要超過○點才能回到公司了

会社に戻るのが**○時ごろになります**
我大約會在○點回到公司

○○社での打ち合わせが長引きまして…　與○○公司的會議開得比較久……

重點是正確地告知回公司的時間。如果要詢問對方自己離開的期間是否有人聯絡自己，則可以說「わたくしあてに、何か連絡などは入っていませんでしょうか？」

……申請從公司外面直接下班時

帰りが遅くなりそうなので、今日はそのまま帰ります

回公司好像會很晚，今天我就直接回家了

本日はそのまま**帰らせていただいても よろしいでしょうか？**

能否准許我今天直接下班呢？

〇〇社での打ち合わせが長引きそうなので…

因為與〇〇公司的會議貌似會開到很晚……

聯繫上司，用「よろしいでしょうか？」的說法來徵求同意。也別忘記告知要直接回家的理由，如「打ち合わせが長引きそうなので…（會議似乎會開很久）」。

……告知明天預計進公司的時間時

明日は立ち寄りなので、出社が少し遅れます

明天要先去拜訪客人，會晚一點進公司

出社は**〇時ごろになりますが、よろしいでしょうか？**

我大約會在〇點進公司，請問可以嗎？

明日は〇〇社に立ち寄ってから、出社いたします

明天會先去拜訪〇〇公司，再進公司

由於要拜訪其他公司等原因而導致晚進公司時，也應該用「よろしいでしょうか？」來徵求上司的同意。也別忘了告知要去哪裡，以及預計進公司的時間。

報、聯、商

向上司傳話

此處介紹對離開座位的上司傳達留言的說法。重點是要說得簡單有力不拖沓。如果是重要訊息，最好將事項寫在紙條上一併交給對方。

……對方的家人來電時

さっき、娘さんから電話がありました　剛才您女兒打電話找您

先ほど、**お嬢さま**から
電話がありました

方才令嫒來電找您

至急、連絡がほしいとおっしゃっていました　她希望您盡快聯繫她

對上級的「妻子」、「丈夫」、「兒子」、「女兒」等家人的敬稱，分別為「奥さま」、「ご主人さま」、「ご子息（しそく）」、「お嬢さま」。將「さっき」改說「先ほど」則會更鄭重。

	妻子	丈夫	兒子	女兒
禮貌的稱呼	奥さま	ご主人さま	ご子息	お嬢さま
較輕鬆的稱呼	奥さん	ご主人	息子さん	娘さん

Point 稱呼上級（例如上司或前輩）的家人時的說法如上。父母和兄弟姐妹則稱為「お父さま」、「お母さま」、「お兄さま」、「弟さま」、「お姉さま」、「妹さま」。

……轉達有來電時

〇〇社の〇〇部長が電話してくださいと言っていました
〇〇公司的〇〇部長說要您回電

〇時〇分に、〇〇社の〇〇部長から
お電話がありました
〇點〇分時，〇〇公司的〇〇部長有來電找您

折り返しの電話をお願いいたします 請您回電給他

向回到座位上的人轉達留言時，首重簡明扼要。重點應放在留言者的姓名、公司名、接到電話的時間，以及是否需要回電。

……轉達留言時

〇〇社の〇〇様が、納品日時を知らせてくださいと申しておりました
〇〇公司的〇〇先生／小姐說，叫你告訴他交貨日期

〇〇社の〇〇様が、納品日時を
確認したいとおっしゃっていました
〇〇公司的〇〇先生／小姐說想確認交貨日期

留守中、電話や来客は**ございませんでした**
您外出時，並沒有找您的電話或客人

對於生意夥伴的行為應使用尊敬語「おっしゃる」。若沒有事項要轉達，應該用較禮貌的「ございませんでした」來表達「沒有」，而不是「ありません」。

……向回到座位的課長轉達部長交代的事情

課長、〇〇部長が会議室へお越しくださいと言っていました
課長，〇〇部長請您光臨會議室

課長、〇〇部長が**お呼びです**
課長，〇〇部長找您

会議室へ**いらしてください** 請去會議室

「お越しくださいと言っていました」這種說法彷彿是部長在對課長表示尊敬，顯得很怪異。此處應簡單地說「お呼びです」、「いらしてください」。

報、聯、商

爲工作失誤道歉

為工作上的失誤向上司或前輩道歉時，就可以使用以下措辭。坦白承認自己的疏失，讓對方感受到你的誠心反省，以及不再重蹈覆轍的決心。

……為工作上的失誤道歉時

すみません。うっかりしていました　不好意思，一時沒注意

配慮が足りず、申しわけありません

是我考慮不周，實在非常抱歉

二度とこのようなことがないように、注意いたします
今後我會注意不再發生這種錯誤

「うっかり」或「つい」這種說詞等於證明了自己的疏忽怠惰，因此不可在商務場合使用。「すみません」則要用「申しわけありません」、「申しわけございません」來代替。不斷為失誤找藉口也是大忌。最後最好加上反省的話，如「以後、注意いたします」。

×

なんかいろいろと
迷惑をかけたみたいで…
總覺得好像給您添了不少麻煩……

Point

「なんかいろいろと」這種說法，並沒有清楚表明是為了什麼而道歉。另外，「迷惑をかけたみたいで」的說法也會讓人覺得你沒有責任感。應該要明確表示是自己的疏忽和失誤，清楚地說：「～の件では、わたくしの不注意でご迷惑をおかけいたしました」。

……被指正並要求重做時

すみません。すぐに直してきます 不好意思，我馬上改

ただいま**直してまいります** 我立刻去修正

申しわけございません 非常抱歉

將「馬上改」換成較為禮貌的說法「ただいま直してまいります」。「すみません」這個詞很好用，但是在公司裡應該盡量說「申しわけございません」。

……答不出問題的時候

ちょっとよくわかりません 有點不是很清楚

わたくしの勉強不足で、
申しわけございません 我才疏學淺，非常抱歉

すぐに調べてご報告いたします 我立刻查清楚後向您報告

「わかりません」這種說法會給人一種事不關己的印象。應該要向對方承諾下一步行動，例如「すぐに調べてご報告いたします」。

……忘記做別人委託的工作時

すみません。忙しかったもので、つい忘れてしまいました 對不起，太忙了，一不小心忘記了

申しわけございません。
失念しておりました 非常抱歉，我忘記了

大事なことを**聞き落としていたようです** 我可能聽漏了重點

「失念する」是「忘れる（忘記）」的謙讓語。明明聽過的事，卻不小心忘了時，不要說「聞いていませんでした」，應該改說「聞き落としていたようです」。

提問、商量、提出請求

在工作中提問、與人商量事情時，並不需要用過多的敬語來表達。但還是要避免言詞莽撞，不可失了禮節。

……請上司判斷時

どうしますか？ 怎麼辦？

いかが**いたしましょうか？**

請問我該怎麼做呢？

いかが**なさいますか？** 您覺得該如何呢？

「いたす」是「する」的謙讓語，「なさる」則是尊敬語。因此，說「いかがいたしましょうか？」是謙稱自己的行為，說「いかがなさいますか？」則是在表達尊崇對方。

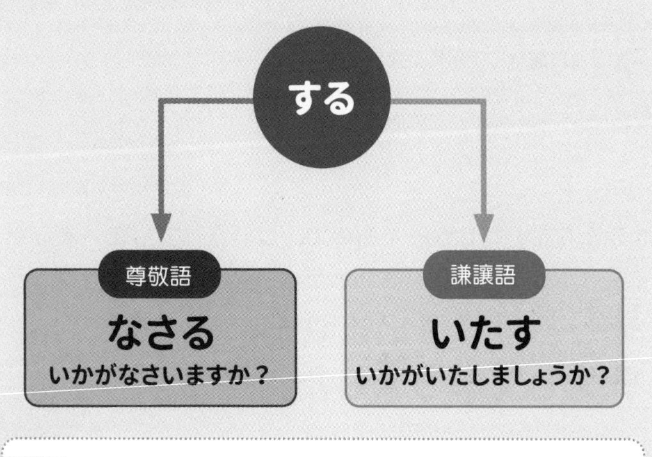

Point 「いかがなさいますか？」包含了「你打算怎麼做？」的意思，想請上司指示自己該怎麼行動時，「いかがいたしましょうか？」的說法會更合適。

……詢問上司行程時

明日の午前中は、会社におられますか？ 明天上午您會在公司嗎？

明日の午前中は、会社に
いらっしゃいますか？ 明天上午您會在公司嗎？

明日の午前中は、会社におります 明天上午我會在公司

此處應使用「在」的尊敬語「いらっしゃる」。「おる」是「いる」的謙讓語，用於指稱自己的行為時，就算在語尾加上「られる」變成「おられる」，也不會轉為敬語。

……發問時

ご質問させていただいてもよろしいでしょうか？ 可以讓我問問題嗎？

～の件で、少々**おたずねしても**
よろしいでしょうか？ 關於～一事，能否稍微請教一下？

一つ**お聞きしても**よろしいでしょうか？ 我可以問一個問題嗎？

「させていただく」這樣的敬語表達雖然不算誤用，但是如果用得太頻繁，有時會顯得生疏見外，給人說話迂迴的感覺。

……請對方確認資料時

こちらの書類を確認していただいてもよろしいですか？ 我能不能請您確認這份資料？

見積書を作成しましたので、
ご確認いただけますでしょうか？ 我做了報價單，可以請您確認一下嗎？

お手すきのときに、**お目通しいただけますでしょうか？**
可以請您有空的時候幫忙看一下嗎？

「～していただいてもよろしいですか？」是請求對方同意時的委婉說法，雖然是謙和有禮的敬語，但有些人會覺得這樣的說法顯得拙笨。

……請求簽名時

ここにサインをもらってもいいですか？　可以在這裡簽名嗎？

こちらの書類にサインを**お願いできますでしょうか？**　能否請您在這份文件上簽名？

お忙しいところ申しわけありません　很抱歉在百忙之中打擾

「もらってもいいですか？」是不太鄭重的請求方式。拜託別人時應該用「お願いできますか？」「お願いできますでしょうか？」等說法。

……向人求教時

相談があるのですが、いま、時間のほうは大丈夫ですか？　我有事想商量，您時間上可以嗎？

折り入って相談したいことがあるのですが…　有件事想懇請您賜教……

勤務時間後に、**少々お時間をいただいてもよろしいでしょうか？**
方便請您在下班後撥冗賜教嗎？

「折り入って（懇請／特別請求）」是很鄭重地向對方提出特殊要求和求教時使用的表達方式。如果想和對方定下時間，就應使用優先尊重對方行程的問法。

……工作上感謝對方指點時

なるほど、すごくよくわかりました　原來如此，我明白了

どうもありがとうございました。
たいへん助かりました　非常謝謝您，我受益良多

ありがとうございました。さっそく対処いたします
謝謝您，我立刻就去執行

用「どうもありがとうございました」直接表達感謝最合適。對上級不宜使用「なるほど」這種表達方式。

……詢問工作進展時

～の件は、その後、どうなっていますか？ 那件事後來怎麼樣了？

～の件は、その後、**いかがでしょうか？**

那件事目前進展如何呢？

いま、お時間よろしいでしょうか？ 請問您現在有時間嗎？

「どうなっていますか？」的問法有時聽起來像在責備對方。可以用比較委婉的「いかがでしょうか？」來詢問。

……趕不上交期時

提出日を少し延ばしてもらっても大丈夫ですか？
可以把期限往後延一些嗎？

提出期限を**○日まで**、延ばしていただけませんでしょうか？

請問能否將提交期限延至○號呢？

申しわけございませんが… 十分抱歉……

想要拜託別人延長提交期限時，可以加入「申しわけございませんが…」這類的緩衝語句，並具體告知能夠提交的時間。

報、聯、商

遲到、缺勤、早退、請假

此處介紹因不得已的事由而必須遲到、缺勤、早退、請假的事例。臨時不能上班時，除非已經重病不起，否則應該由當事人親自聯絡，直接和上司報備並取得許可。

……身體不舒服而不去上班時

体調が悪いので、お休みさせていただきます
因為身體不舒服，請讓我請假

風邪を悪化させてしまいました。
本日、**休みをいただけないでしょうか？**
我的感冒越來越嚴重，能否休息一天呢？

たいへん申しわけございませんが…　真的非常抱歉……

此處不應該用「お休みさせていただきます」，正確說法是「休みをいただきます」。因為即使上司不批准，休息也已成定局，所以不用「～させていただく」的說法。「お休み」前的「お」也是多餘的。

結束休假回來上班時

ご心配をおかけして
申しわけございません。
おかげさまで体調は
すっかり良くなりました
抱歉讓大家擔心了。
託各位的福，
我已經完全康復了

Point 結束休假回來上班時，要為自己給上司、前輩們添麻煩的行為表達歉意，並謝謝大家的體諒。

人身事故で電車が止まってしまったので、出社が少し遅れるみたいです
電車由於軌道意外而延誤了，所以我可能會晚一點進公司

電車が遅れているため、会社に到着するのが**〇時くらいになりそう**です
由於電車誤點，我預計要〇點才會到公司

部長が出社されましたら、そのようにお伝えください
部長上班後，請幫我轉告

不要在電話裡敘述一大段理由，而是說出預估抵達時間。如果上司還沒有進公司，就請接電話的人幫忙轉達。

タクシーで向かいますが、少し遅れそうです
我會搭計程車過去，可能會稍微遲到

これからタクシーでまいりますが、**〇分ほど到着が遅れそう**です
我正要搭計程車過去，大概會晚〇分鐘到

ただいま、〇〇におりますので、駅に着いたら連絡をいたします
我目前人在〇〇，到站以後再聯繫您

因為大眾運輸誤點等原因而迫不得已遲到、趕不上會議的時候可以這樣表達。打電話給公司，告訴對方你將如何前往，以及預計的抵達時間吧。

病院に寄ってから会社に向かうので、ちょっと遅れます
我要先去看醫生，所以會晚一點進公司

〇時までには、必ず出社いたします
〇點以前一定會進公司

昨夜から体調がすぐれないので、病院に立ち寄ります
因為從昨晚就不太舒服，所以上班前想先去一趟醫院

簡明扼要地說出晚到的理由是看病，以及進公司的時間。應該避免「ちょっと遅れる」這樣模糊的說詞，並清楚告知能進公司的時間。

……睡過頭時

昨夜遅くまで残業していたので、うっかり寝過ごしてしまいました…

因為昨天晚上加班到很晚，所以不小心睡過頭了……

まことに申しわけございません。
寝坊をしました

真的非常抱歉。我睡過頭了

すぐに家を出ますので、〇時までには必ず出社いたします

我現在立刻出門，〇點以前一定會進公司。

開口的第一句話應該是道歉。雖然不應該把「睡過頭」的事實說出來，不過如果是和自己的直屬上司，有時候還是據實以告為佳。

……自己不在公司，要交辦業務時

バイク便が来るので、代わりに受け取っておいてください

今天會有我的機車快遞，請你幫忙收件

午前中にバイク便が到着するので、
受け取りをお願いいたします

今天上午會有我的機車快遞送達，有勞你代為收件了

お手数をおかけいたしますが…　要麻煩你了……

有事要麻煩公司的人時，不論你是因為什麼理由而不在公司，都要注重言詞的禮貌。不要忘記使用緩衝語句。

……上班遲到，向上司報告時

おはようございます。遅れてすみません　早安，不好意思我遲到了

ただいま、出社いたしました

我已經到公司，開始上班了

ご迷惑をおかけして、**申しわけございません**

造成大家的困擾，真的非常抱歉

如果已經和上司報告過遲到的理由，就不需要再解釋一次。到公司後請立即去找上司道歉，並告知已經開始上班的事實。

……要求早退時

家庭の事情で、今日は早めに帰ってもいいですか？
因為家裡有事，我今天可以早點回去嗎？

本日は〇時で早退させていただいてもよろしいでしょうか？
我今天可否早退，於〇點下班呢？

主人が体調をくずしてしまったので… 因為我先生身體不舒服……

「家裡有事」這種說明並不充分。應該簡潔地說明理由，清楚告知下班時間。「いいでしょうか？」的問法則會顯得魯莽、沒禮貌。

……想申請補假、年假時

旅行に行きたいので、〇月〇日は休ませてもらいます
我想要〇月〇日請假去旅行

〇月〇日に休みをいただきたいのですが、よろしいでしょうか？
請問〇月〇日我能否請假呢？

申しわけありません。**親戚に不幸があり…** 對不起，因為家裡有喪事……

用「よろしいでしょうか？」來請求上司批准。如果是要參加親人的葬禮，則可以說「親戚に不幸があり…」，向公司請喪假。

報、聯、商

在公司內部會議上發言

和公司同事們開會，發言時必須使用程度最輕微的敬語。一起來學習簡潔合宜的說法，清楚地表達自己的意見吧。

……在部長面前針對課長的發言闡述意見時

課長が申しておりましたように… 如方才課長的拙見……

課長が**言われていました**ように…

如方才課長所說……

課長がおっしゃっていましたように… 如方才課長所說……

如果自己是沒有任何職銜的普通員工，在部長面前指稱課長的行為時，不應該使用謙讓語「申しておりました」，應用較一般性的「言われていました」來表達。如果是和自己平輩的同事說話，那麼提到職階比大家更高的課長時，則要用尊敬語「おっしゃっていました」。

Point 由於部長比課長職階更高，一般容易誤用謙讓語來指稱課長的行為，不過對普通員工而言，兩位都是自己的上級，所以提到課長的行為時，不可失了禮貌。

わたし的には… 我傾向認為……

私見ですが… 依我個人見解……

わたくしとしては… 對我而言……

在闡述自己的意見時，可謙稱為「私見」。「わたし的には」這種「含混語句」很常聽到，不過應盡量避免在會議中使用。

ちょっと質問してもいいですか？ 可以問一下嗎？

質問しても**よろしいでしょうか？**

我能否發問呢？

一つおうかがいしてもよろしいでしょうか？ 能否容我請教一點？

會議中應該先舉手獲得許可後再發言，這是基本禮節。「いいですか？」的問法不太客氣，可以改說「よろしいでしょうか？」

部長が申し上げられたとおりです 如部長方才的拙見

部長が**おっしゃった**とおりです

如部長方才所言

部長が**言われた**とおりです 如部長方才所言

「言う」的尊敬語通常會使用「おっしゃる」、「言われる」。「申し上げる」是謙讓語，即便在語尾加上「れる・られる」也不能表示尊敬。

……提出反對意見時

お言葉を返すようですが、わたくしは反対です

恕我直言，我反對

部長のご意見はごもっともですが、

～という見方もできないでしょうか？

部長您的看法很有道理，不過是不是也能從另一方面來解讀呢？

わたくしは～**と考えておりますが、いかがでしょうか？**

我的看法是～，各位認為如何呢？

闡述否定意見或提出不同見解時，需要慎選言詞，顧慮上一位發言者的心情。若是態度不夠謙虛，對方也不會願意聽你的意見。

……詢問不明瞭的地方時

もっとわかりやすく説明してもらえますか？ 能不能說明白一點？

～について、**もう少しくわしく**

ご説明いただけませんでしょうか？

針對～，能否請您再說明得詳細一些？

恐れ入りますが… 不好意思……

如果直接叫別人「もっとわかりやすく」就像是在責怪對方說明得不充分。只要換一種表達方式，用「もう少しくわしく」的說法，身段就柔軟多了。

……徵求對方意見時

あなたはどう思いますか？ 你覺得呢？

○○さんのご意見を

お聞かせください

請○○發表您的高見

○○さんは、どのようにお考えになりますか？ 請問○○您的意見呢？

「あなた」原本是用來尊稱對方的敬語，不過現在已演變成不適合對尊長使用。請用名字來稱呼對方，如「○○さん」、「○○課長」。

弊社の新製品について、説明をさせていただきます
請容我來介紹敝公司的新產品

わが社の新製品について、
ご説明いたします
我來介紹公司的新產品

先ほど配布いたしました資料を、補足させていただきます
我將針對方才發下去的資料進行補充說明

「わが社」、「弊社」都是指自己的公司，但「弊社」是在客戶面前謙稱自己的公司時使用。

……說明完畢，做結語時

質問とかあれば、聞いてください 有問題之類的請發問

ご質問**など**がおありでしたら、
お答えいたします
有問題請盡量提出，
我會盡力回答

わたくしからの説明は以上です 我的說明就到此結束

「とか」、「みたいな」這種「含混語句」不應該在商務場合出現。應避免使用模稜兩可的含糊說法。

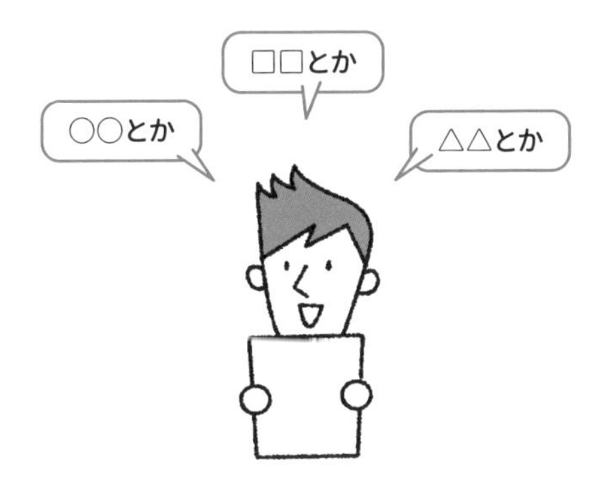

COLUMN

提及自己與指稱對方時的說法

在合作夥伴或客戶面前的自稱用「わたくし」，提到對方時則在名字後方加上尊稱「○○様」，此乃規矩。一般來說，稱自己的公司時用「わたくしども」、「弊社」等說法，稱對方的公司則用「御社」。

稱呼自己

わたくし

在自己公司內說「わたし」是可以被容許的，但是對合作夥伴或客戶則必須使用自謙詞「わたくし」。和上司或前輩說話時用「僕」並不恰當，會給人幼稚的印象。在商務場合使用「自分」作為第一人稱也不合適。

稱呼對方

○○様、
○○さん、
お客さま、
そちらさま

「あなた」最原先的意思是敬稱，不過現在除了對同輩之外，已經越來越少使用。如果知道對方的姓名，則可以在姓氏後方加上尊稱，如「田中様」、「田中さん」；不知道對方姓名時，則使用「お客さま」、「そちらさま」等說法。稱對方的同行人士一般則用「お連れさま」、「ご一緒の方」。

稱呼自己的公司

わたくしども、
弊社

口語中通常使用「わたくしども」、「弊社」來稱呼自己的公司。書面上則主要使用並無謙稱之意的「当社」。用「わが社」會給人自大的印象，最好避免對自家公司以外的人使用。「うちの会社」也是過於隨意的說法，不適合在正式場合使用。

稱呼對方的公司

御社

口語中一般會說「御社」，若是對多年來往的合作夥伴，有時會刻意將對方公司名字後方加上「さん」，來免去生硬的稱呼。「おたく」是比較隨意的說法，感受不到敬意。「貴社」主要用於書面文章。

接待訪客、拜訪、款待客戶

接待訪客

提醒預約時間並告知交通資訊

公司有訪客時，應做好迎賓的萬全準備，包括告知交通資訊等指路工作。也要事先通知櫃檯有訪客到來，並租借好會客室、會議室。

……致電確認訪客的預約時間

明日（あした）の○時に、弊社までおうかがいください
請於明天○點拜訪敝公司

明日（みょうにち）の○時に、
弊社まで**お越しください**
請於明天○點
光臨敝公司

では、明日（みょうにち）の○時に**お待ちしております**
那麼明日○點，恭候您的光臨

致電和對方確認時間、地點時，就可以這麼說。「うかがう」是謙讓語，即便在前方加上「お」也不會轉為敬語，因此應改說「お越しください」或是「いらしてください」。「明日（あした）」也可以改說「明日（みょうにち）」，更有禮貌。

ご足労を
おかけいたしますが…
勞煩您跑一趟了……

お気をつけて
お越しくださいませ
過來的路上
請務必注意安全

Point 加一句短短的貼心話，就能夠表達歡迎對方之意。

……說明交通資訊時

弊社にまいられるには、地下鉄が便利です
到敝公司較為便利的方式是搭乘地下鐵

弊社に**お越しになる**際は、
地下鉄のご利用が便利です
到敝公司
較為便利的方式
是搭乘地下鐵

お車でいらっしゃいますか？それとも電車をご利用なさいますか？
請問您會開車還是搭乘電車過來呢？

表達對方「来る」應使用「お越しになる」、「いらっしゃる」、「お見えになる」。「弊社」則是對外部的人提及自己公司時的謙稱。

……到附近接訪客時

おわかりにくいと思うので、駅まで迎えにいきます
敝公司的位置不太好找，我到車站接您

おわかりになりにくいと存じますので、
駅まで**お迎えに上がります**
敝公司的位置不太好找，
我到車站接您

のちほどメールで地図をお送りいたしますので、ご覧ください
稍後我會用郵件傳送地圖給您參考

「わかりにくい」的敬語是「おわかりになりにくい」。將「わかる」替換為「おわかりになる」後，再加上「～にくい」。

……確認對方目前所在地時

いま、どこにいますか？ 您現在在哪裡呢？

いま、**どちらにいらっしゃいますか？**
您現在在哪裡呢？

すぐにお迎えにまいりますので、そちらでお待ちください
我立刻過去接您，請在那裡稍候

使用「いる」的敬語「いらっしゃる」。說「哪裡」時用「どちら」也會比「どこ」更客氣。

接待訪客的基本應對

接下來將說明有客人來公司拜訪時的基本招呼方式。要清楚意識到自己是公司的代表，開朗並得體地接待客人。

……與訪客寒暄

わざわざ来てもらって、すみません 感謝您特地過來

お忙しいところ、**お越しいただきまして、**
ありがとうございます
非常感謝您百忙之中撥冗前來

お越しくださいまして、ありがとうございます　非常感謝您的來訪

「お越しいただく」是謙讓語，「お越しくださる」是敬語，而此處因為是要對客人表示尊重，所以兩種說法都對。「わざわざ」包含了「原可不必」的意思，應該要避免使用。如果讓客人在櫃檯等處等候了一段時間，記得說一聲「お待たせして、申しわけございません」。

謙讓語

いつも
ご利用いただきまして
ありがとうございます
非常感謝您
長期以來的愛護

尊敬語

いつも
ご利用くださいまして
ありがとうございます
非常感謝您
長期以來的愛護

Point 「（お客さまに）ご利用いただく（得到客人光顧）」和「（お客さまが）ご利用くださる（客人〈主動〉光顧）」兩者屬於不同種類的敬語，不過都是表示尊重對方，都可以用來表達同樣的意思。

遠くからご苦労さまです 辛苦你大老遠過來

遠いところを**ご足労いただきまして**、ありがとうございます

謝謝您遠道而來

遠いところ**足をお運びいただきまして**、ありがとうございます
勞駕您從遠方特意過來，真的非常感謝

「ご足労」是對來訪者表達關懷與感謝。而「ご苦労さま」是上對下使用的說法，此處不適合使用。

暑いのに、ご苦労さまでございます 辛苦你大熱天還過來

お暑い中、**お呼び立て**して申しわけございません

非常抱歉，在這麼炎熱的天氣裡找您過來

お足もとが悪い中を**お越しいただき**、ありがとうございます
勞駕您在這種天候不佳的時候過來，真的非常感謝

「お呼び立て」是捧高來訪者的說法。天氣熱時可以說「お暑い中」、天氣冷時說「お寒い中」，下雨下雪的日子則說「お足もとが悪い中」等。

どうもお久しぶりです 好久不見

すっかりご無沙汰しております

好久沒有您的音訊了

その節はたいへんお世話になり、ありがとうございました
先前承蒙您的關照，不勝感激

對於已數度來訪的賓客，可以說「たびたびお越しいただいて、申しわけございません」以表感謝之意。

……初次見面時寒暄

（名刺を差し出して）わたくし、こういう者です

（遞出名片）這是我

わたくし、**〇〇課の〇〇〇〇と申します**

我叫〇〇〇〇，隸屬於〇〇課

今後ともよろしくお願いいたします　今後也請多多關照

遞出名片一邊說「こういう者です」並不是能讓人留下良好印象的問候方式。應該要一併報上公司名稱、所在部門名稱，以及自己的姓名。

……想不起對方姓名時

失礼ですが、あなたのお名前はなんでしたっけ？

冒昧問一下，你叫什麼名字來著？

お名前をもう一度、**お聞かせいただけますでしょうか？**

能否再次請教您貴姓呢？

申しわけございませんが…　實在非常抱歉……

「あなた」原本是對尊長使用的敬稱，現在只用於稱呼平輩或比自己低位的人。

……找上司過來時

上司をお呼びしますので、お待ちください

請等一下，我去請上司過來

ただいま、営業部長の〇〇を**呼んでまいります**

我立刻去請營業部長〇〇過來

少々お待ちくださいませ　請您稍候

不可以說「お呼びします」，因為這樣會變成在尊敬上司，而不是尊敬客人。與此相對的謙讓說法是對客人表示尊敬的「呼んでまいります」。

……向訪客介紹上司時

こちらが、○○課長です　這位是○○課長

こちらが、**課長の○○**です

這位是我們的課長，○○

弊社営業部の○○です　敝公司營業部門的○○

原則上，介紹自己公司的人時應該省略敬稱。說「課長の○○」沒有問題，說「○○課長」就不恰當了。

…… 向上司介紹訪客時

こちらが、○○社の○○様になります　這位是○○公司的○○先生／小姐

こちらが、○○社の○○様**です**

這位是○○公司的○○先生／小姐

ご紹介いたします　我來介紹

先對訪客介紹自己的上司後，再接著為上司作介紹。盡量避免「○○になります」這種沒有意義的含糊詞。

轉介給負責人

本篇說明於櫃檯或門口接待訪客時的應對方式。如果事先已得知會有訪客，則應面帶微笑地說「いらっしゃいませ。お待ちしておりました（歡迎光臨，已恭候您多時）」讓訪客感受到負責人的細心安排。

……確認負責人是誰

どちらさまをお呼びしましょうか？／どなたにご用でしょうか？
請問您要找哪位呢？／您要找的人尊姓大名？

どの者をお呼びいたしましょうか？
請問您要找哪位呢？

いらっしゃいませ。弊社の**どの者**にご用でいらっしゃいますか？
歡迎光臨，請問您要找敝公司的哪位呢？

問對方找誰時，比起直接問「誰をお訪ねですか（您找誰）？」「誰とお約束ですか（您有預約嗎）？」用上方的說法會顯得更禮貌。說「弊社」則是以謙稱自己的公司來表達對對方的敬重。

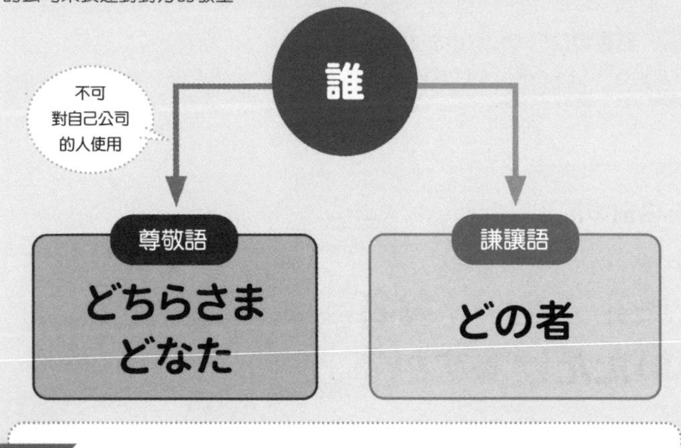

Point 不可用「誰」的尊敬語「どちらさま」、「どなた」來指稱自己公司的人。

いらっしゃいませ。本日、〇〇にはどのようなご用件でしょうか？
歡迎光臨本公司，請問您今日找〇〇是有什麼事呢？

〇〇様でいらっしゃいますね。
お待ちしておりました
〇〇先生／小姐，
已恭候您多時

ただいま、応接室にご案内いたします　我現在就帶您去會客室

如果已知對方有預約，就不需要特地再詢問來訪目的。說「お待ちしておりました」則是可以讓對方寬心。

……轉介給負責人時

〇〇部長でございますね。すぐに呼んできますので、ちょっとお待ちください
〇〇部長嗎？我馬上叫他來，請等一下

ただいま、**呼んでまいります**ので、
少々お待ちくださいませ
我立刻叫他過來，
請稍候

部長の〇〇でございますね　您要找我們部長，〇〇是嗎？

「ちょっと」這種說法感覺不夠穩重，改用「少々」是比較客氣的說詞。指自己公司的人時，原則上不使用敬稱，應直呼名字。

……詢問對方姓名時

お名前のほうを頂戴してもよろしいですか？
名字的部分可以跟我說嗎？

失礼ですが、**お名前をお聞かせ**
いただけますか？
不好意思，請教貴姓大名？

お名前をうかがってもよろしいですか？　能否請教您貴姓大名？

「頂戴する」是「もらう（收取／拿取）」的謙讓語，所以「名前を頂戴する」並不是恰當的日文。「～のほう」這種含糊的詞語也應留心避免。

……確認對方姓名時

〇〇社の〇〇様でございますね 是〇〇公司的〇〇先生／小姐吧

〇〇社の〇〇様で
いらっしゃいますね 是〇〇公司的〇〇先生／小姐，對嗎？

 いつもお世話になっております 承蒙您關照

「ございます」雖然是禮貌語，但多用於指稱己方。用於對方時，使用尊敬語「いらっしゃる」才是比較協調的語句。

……收取名片時

お名刺のほうをお預かりさせていただきます 請容我收下您的名片

お預かり**いたします** 謝謝（收下您的名片了）

頂戴いたします 謝謝（收下您的名片了）

「～させていただく」是表達客氣的說法，但在某些情況下，有可能會被當作千篇一律的客套話，給人流於表面的印象。

……要求對方與櫃檯接洽時

受付でおうかがいください 請至接待櫃檯請教

恐れ入りますが、3階の受付で
おたずねになってください 不好意思，請至3樓的接待櫃檯詢問

受付で**お聞きになってください** 請至接待櫃檯詢問

「うかがう」是「聞く」的謙讓語，不可用來指稱對方的行為。應改說「おたずねになってください」、「お聞きになってください」。

……請對方填寫訪客名單時

こちらの用紙にお名前をご記入してください
麻煩在這張單子上寫下您的姓名

お手数ですが、こちらの用紙にお名前を**ご記入ください** 麻煩在這張單子上寫下您的姓名

こちらにお名前を**ご記入いただけますでしょうか？**
可以請您在此留下姓名嗎？

容易不小心就說成「ご記入してください」，這說法很明顯是錯誤的。應該去掉「して」，說「ご記入ください」。

……告知訪客抵達時①

受付にお客さまがまいられました 櫃檯有客人拜會

受付にお客さまが**いらっしゃいました** 櫃檯有您的訪客

受付にお客さまが**お越しになりました** 您的訪客已經到櫃檯了

「まいる」是「来る」的謙讓語，無法表達敬意。此處要使用「来る」的尊敬語，如「いらっしゃる」、「お越しになる」。

……告知訪客抵達時②

お客さまがお見えになられました 您的訪客到了

お客さまが**お見えになりました** 您的訪客到了

お客さまが**お見えです** 您的訪客到了

用「来る」的尊敬語「お見えになる」表達對來客的敬意。「お見えになられる」為過度的敬語，不宜使用。

○○様が応接室でお待ちしていらっしゃいます

○○先生／小姐在會客室等您

○○様が応接室で**お待ちです**

○○先生／小姐在會客室等您

○○様を応接室にご案内いたしました
已經請○○先生／小姐在會客室稍候了

「お待ちする」是謙讓的說法，在語尾加上「いらっしゃる」也不能夠表達敬重對方。正確的敬語有「待っていらっしゃいます」、「お待ちです」等說法。

……告知開會中的上司有訪客到來時

課長にお客さまです 課長，有您的客人

お話の途中で失礼いたします

抱歉打斷您的談話

○○社の○○様がお見えになりました
○○公司的○○先生／小姐已經到了

向開會中的上司告知有訪客到來時可用的說法。開頭可以先用「お話の途中で失礼いたします」，再用遞紙條等方式告知要事。

……告知訪客已請負責人過來時

ただいま、課長がいらっしゃいます 課長馬上駕到

ただいま、○○が**まいります**

○○馬上前來

少々お待ちくださいませ 請您稍候片刻

對其他公司的人使用敬語表述自己公司人員的行動是錯誤的。這種情況不應該使用尊敬詞「いらっしゃる」，而是使用謙讓詞「まいる」。

……問公司裡的人上司在哪裡時

○○課長は、どこにおられますか？　○○課長在哪？

▼

○○課長は、**どちらにいらっしゃいますか？**

○○課長在哪裡呢？

どちらにいらっしゃるかご存じですか？　您知道他在哪裡嗎？

「いる」的尊敬語是「いらっしゃる」。謙讓語的「おる」加上「れる・られる」也不能夠表示尊敬對方。「どこ」也建議替換成「どちら」。

……負責人無法立刻前來時

○○が5分ほどお待ちくださいと申しております
○○說請您稍等5分鐘

▼

5分ほど**お待ちいただけますでしょうか？**

能否請您稍等5分鐘呢？

申しわけございません　非常抱歉

用「お待ちいただけますでしょうか？」這種請求的姿態較容易取得對方的諒解。別忘了加上緩衝詞「申しわけございません」。

……負責人晚到時

少々お待ちしてください　請稍候片刻

▼

少々**お待ちいただけますでしょうか？**

能否請您稍候片刻？

お待たせして申しわけございません。様子を見てまいります
很抱歉讓您久候。我去看看現在是什麼情況

正確的說法是「お待ちください」。使用謙讓語「お待ちいただく」再加上「～していただけますでしょうか？」的詢問形式更加客氣。

接待訪客

接待無預約的訪客

即便來訪者沒有事先預約，也萬萬不可冷漠敷衍。無論有沒有預約都應該一視同仁，以同樣謙和有禮的詞語詢問對方的來訪目的。

……詢問來訪目的

どういう用件でしょうか？ 請問您有什麼事？

いらっしゃいませ。**失礼ですが、どのようなご用件**でしょうか？

歡迎。冒昧請教，您今日來訪有何要事呢？

よろしければ、ご用件をおうかがいいたします
方便的話，請告訴我您來訪的理由

劈頭就問有何貴幹會像是在質疑對方，有失禮儀。應該先用「いらっしゃいませ」迎接客人，隨後加入「失礼ですが」、「よろしければ」等緩衝語句。「どういう用件」也可以替換為更加禮貌的「どのようなご用件」。

要和負責人確認時

ただいま、
確認をしてまいりますので、
少々お待ちくださいませ
我立刻為您確認，請稍候

Point 「お取り次ぎしてもよいか、担当者に聞いてまいります（我去問一下負責人是否要接待您）」這種說法像是上級在批准，給人高高在上的感覺，所以不能這麼說。無論有沒有預約，都應該用禮貌的言語接待訪客。

……詢問有無預約時

アポはおとりですか？　有預約嗎？

失礼ですが、本日はお約束をいただいておりますでしょうか？　不好意思，請問您今日的來訪有事先預約嗎？

恐れ入りますが、お約束をいただいておりましたでしょうか？
不好意思，請問您有事先預約嗎？

問「アポはおとりですか？」會顯得像是在責問人一樣。應該加入緩衝語句，委婉地詢問對方是否有預約。

……告知負責人有訪客時

〇〇様とおっしゃる方がいらしています。どうなさいますか？
有位〇〇先生／小姐，請問要怎麼做呢？

〇〇社の〇〇様が受付にいらしています。**いかがいたしましょうか？**
櫃檯來了一位〇〇先生／小姐，請問要如何回應呢？

〇〇社の〇〇様がお見えになりました　〇〇公司的〇〇先生／小姐找您

使用尊敬語「なさる」並沒有錯，但「いかがいたしましょうか？」的問法更溫和。

……介紹負責的部門時

総務部でお話を聞くので、〇階まで来てくれませんか？
總務部會和您談談，您可以到〇樓來嗎？

〇階まで**いらしていただけますでしょうか？**
能否勞駕您移步至〇樓？

総務部で**ご用件をうけたまわります**ので…　您的事情會由總務部承辦……

「来てくれませんか？」是不帶敬意的表達方式。應該用「いらしていただけますでしょうか？」請對方過去。

……拒絕轉告①

アポイントのない方の取り次ぎはできません

我們無法替沒有預約的人轉達

あいにくお約束のない方の
お取り次ぎは**いたしかねます**

很遺憾，沒有預約的話，請恕我們不方便為您轉告

まことに申しわけございませんが…　真的非常抱歉……

在商務場合裡，應該避免「できません」這種否定的言詞，而是用「いたしかねます（不方便～，難以～）」這類說法來婉拒。也別忘記加上緩衝詞。

……拒絕轉告時②

本日はお会いすることができません　今天沒辦法見您

本日は予定が入っており、
お会い**できそうにございません**

（負責人）今天已經有安排，恐怕沒有辦法與您會面

申しわけございません　非常抱歉

用一句「できません」把話說死了，會讓人產生被拒於門外的感覺。應該盡量使用「できそうにございません」這類溫和的措辭。

……負責人正好外出時

〇〇は出かけています　〇〇出去了

あいにく〇〇は外出しておりまして、
〇時に戻る予定になっております

很不巧，〇〇正巧外出了，預計〇點會回來

いかがいたしましょうか？　我能幫您做什麼呢？

告知負責人回來的時間，並詢問對方的需求。如果來訪的是很重要的客人，則應撥打手機與負責人取得聯繫，詢問該如何應對。

……負責人正在開會時

ちょうどいま、会議に入ってしまいました　他剛好去開會了

○○はただいま、会議中ですが、
いかがいたしましょうか？
○○目前正在開會。您決定如何呢？

申しわけございません　**真是抱歉**

詢問對方「いかがいたしましょうか？」讓客人決定要在櫃檯等候，還是下次再來。別忘了加上緩衝語句。

……負責人休假時

担当の○○は、本日、お休みをいただいております
負責人○○今天獲准休假

あいにく担当の○○は、
本日、**休みをとっております**
很不巧，負責人○○今天正好請假

申しわけございません　**實在對不起**

對來訪者說「お休みをいたただいております」，會像是多虧了來訪者而拿到假期。也別忘了使用緩衝詞。

招待與送客

本節將介紹招待或指引訪客時的說法。這些言詞和接待禮儀為一體兩面，無法切割，所以應一併將基本禮法熟記於心。

……催促入座時

ここにお座りしてお待ちください 請在這裡坐下等候

こちらに**おかけになって**
お待ちください
請在此就坐，並稍作等候

お座りになってお待ちください 請在此就坐，並稍作等候

這是帶領訪客至會客室，請對方入座時說的一句話。「お座りしてください」這種說法感覺就像主人命令狗「お座り」一樣，因此應該說「おかけになってください」或「お座りになってください」。將「ここ」替換為「こちら」也比較得體。

よろしければ、
コートをお預かり
いたしましょうか？
不介意的話，
我幫您掛起大衣好嗎？

Point 這樣的問法會比「コート、預かりましょうか？」的說法更禮貌。加入緩衝詞「よろしければ…」則是一種以對方意願為優先的問法。

……委託同事為客人帶路時

お客さまを応接室にご案内ください 麻煩您帶客人到會客室

お客さまを応接室に
ご案内してください
請為客人帶路到會客室

お客さまにお茶をお出ししてください 請倒茶給客人

「ご案内する」是用來恭維客人的謙讓語，如果用「ご案内ください」，則顯得像在尊敬帶路的同事。

……帶客人進房間時

応接室へお連れいたします 我帶你去會客室

応接室へ**ご案内いたします**
請您跟我到會客室

どうぞこちらへ 這邊請

「ご案内する」是「案内する」的謙讓表達，為客人引路時就可以說這句話。「お連れする」的說法並不能表達對客人的尊敬。

……和客人共乘電梯時

どうぞ乗ってください 請搭電梯

どうぞ**お乗りください** 請搭電梯

お先に失礼します 不好意思（我先進電梯）

搭電梯時有兩種情況，一種情況是說「どうぞお乗りください」，請對方先進電梯，另一種情況是說聲「お先に失礼します」，自己先進電梯，再邀請客人搭乘。

……入室時

どうぞ入ってください 請進去

どうぞ中へ**お入りください** 請進

担当の者がまいりますので、しばらくお待ちください
負責人馬上就到，請在此稍候

這是開門並請客人進入房間時的誘導詞。「入ってください」應該改成「お入りください」。

……請喝茶時

…（無言） ……（沉默不語）

お茶をお持ちいたしました
請喝茶（我給您端茶來了）

どうぞ 請用

默默把茶放下的行為令人不敢恭維。放下茶的同時，應一併說「どうぞ」。

……桌上沒有地方放茶時

こちらに置かせていただいて、けっこうでしょうか？
幫您放在這裡行吧？

こちらに置かせていただいて、
よろしいでしょうか？ 幫您放在這裡，可以嗎？

どちらに置かせていただきましょうか？ 請問該幫您放在哪裡呢？

當桌上擺滿了文件時，可將茶放在稍遠處。要取得對方首肯時，可以問「よろしいですか？」

……收下伴手禮時

せっかくなので、いただいておきます　您特地買來，我就收下了

ご丁寧にありがとうございます。
では、頂戴いたします　您真是多禮，謝謝，我就收下了

お気づかいいただき、ありがとうございます　謝謝，您費心了

雙手接下禮物，向對方鄭重道謝。「せっかくなので」這種說法則會讓人聽不出收禮方究竟高不高興。

……告知廁所位置時

廊下の突き当たりを左に曲がってもらって、まっすぐ進んでいただけますか？
有勞您將走廊走到底後左轉，再麻煩您直走

廊下の突き当たりを**左に曲がって、**
まっすぐお進みください　走廊走到底後左轉，然後直走

ご案内いたします。こちらへどうぞ　我為您帶路，這邊請

報路時首重簡單明瞭。用過多敬語會表達得太迂迴，讓對方抓不到重點。如果不好說明位置，就自請帶路吧。

……談話間手機響了的時候

携帯が入りましたので、少々お待ちいただけますか？
我的手機響了，稍等一下好嗎？

たいへん失礼いたしました　非常抱歉

たいへん申しわけございません　非常對不起

話談到一半時，如果手機鈴聲響起，應該和對方說聲「たいへん失礼いたしました」，並立刻將手機關機或調成靜音模式。

……有急事要告知開會中的負責人時

課長、〇〇社の〇〇さんからお電話です

課長，〇〇公司的〇〇先生／小姐打電話找您

お話し中、まことに
申しわけありません

很抱歉打擾您談話

打ち合わせ中、失礼いたします　抱歉打擾您開會了

有急事要找正在開會的負責人時，基本做法是寫在紙條上給他。等對方說到一個段落時再見機開口：「お話し中、申しわけありません」。

……不得不暫時離席時

ちょっとだけ、すみません　不好意思，我走開一下

失礼いたします。すぐに戻ります

不好意思，我馬上回來

お待たせして、たいへん失礼いたしました　抱歉讓您久等了

處理完事情回到位子上時，記得要表達歉意，如「お待たせして、たいへん失礼いたしました」。

……臨時下雨，遞傘給客人時

雨が降ってきたので、傘をお持ちしてください

突然下雨了，這把傘請拿去用吧

雨が降ってまいりましたので、
傘を**お持ちください**

開始下雨了，
請把傘請拿去用吧

よろしければ、傘を**お持ちになってください**
不介意的話，請用我們的傘吧

不可用「お持ちしてください」。要將「拿去」替換成敬語表達的話，應該說「お持ちください」或「お持ちになってください」。

今日はご苦労さまでした 今天辛苦您了

本日はお越しいただきまして、
ありがとうございました 非常感謝您今天過來

なんのおかまいもせず失礼いたしました。どうぞお気をつけて
招待不周，請別見怪。回程路上請注意安全

再次對來訪的客人表達感謝之意。對替自己工作的人才會說「ご苦労さま」，因此用在客人身上並不恰當。

それじゃあ、ここで失礼します 那就送您到這裡了

それでは、**こちらで失礼いたします**
那就送您到這裡了

お気をつけてお帰りくださいませ 回去路上請注意安全

送客的原則是送到大門口。如果客人堅持不需要人送，則在電梯或樓梯前道別也無妨。

商務會談以及與客戶交涉

聆聽、表達想法

最重要的是給足對方尊重，以及謙虛的態度。選錯用詞時，會給人高高在上的感覺，不得不慎。

……因為己方的考量而拒絕客戶要求時

内情を察してください　請您理解

内情を**おくみとりください**ませ

請體察我們的難處

ご期待にそえず、申しわけございません　很抱歉未能符合您的期望

這是較為圓融的說法，避免過於直接。「くみとる」一詞則是包含了體諒對方心情之意。

直截了當地拒絕時

申しわけ
ございませんが、
～については
いたしかねます
非常抱歉，關於～，
請恕我們難以做到您的要求

Point　乾脆直接地拒絕對方時，可以說「いたしかねます」、「応じかねます」。偶爾會有人說成「いたしかねません」、「応じかねません」，但這些是錯誤的用法。

……附和對方說話時

なるほど／へえ～ 原來如此／是喔～

さようでございますか 原來是這樣啊

そうなのですか 是這樣啊

「さようでございますか」是「そうなのですか」的禮貌說法。用「なるほど」、「へえ～」來附和上級的話是不禮貌的。

……表達同意時

申し上げられたとおりです 在下說的沒有錯

おっしゃるとおりでございます

您說的沒有錯

やはり、そうでしたか 果然是這樣啊

「申し上げる」是指稱自己對地位較高的人「說（言う）」了什麼時的謙讓語。即便加上「れる」也無法表達謙讓的敬意。

……被要求發表意見

わたし的にはそう思います 我傾向這麼看

わたくしはそう思います 這是我的看法

わたしも賛成です 我也贊成

「わたし的には」主要是年輕族群在使用，並且已經擴及各世代群體的「含糊詞語」。此種閃爍其詞的說法在商務情境裡並不恰當。

……表達願意回應要求時

お困りのときは、なんなりと申してください
您如果有什麼煩惱，儘管說

どうぞお気軽にお申し付けください
不必顧慮，請儘管吩咐

ご要望があれば、遠慮なく**おっしゃってください**
請不要客氣，有任何需求儘管吩咐

「申し付ける」並沒有謙卑之意，故此處可以用「お～ください」形成鄭重的敬語表達。

……詢問對方是否接受時

おわかりいただけましたでしょうか？ 您明白了嗎？

わたくしの説明で、**ご納得**いただけましたでしょうか？
請問您能同意我的說明嗎？

不明な点がございましたら、遠慮なくおたずねください
如果有不明白之處，請儘管詢問

「わかりましたか？」「理解できましたか？」以敬語表達來說沒有問題，但是聽起來語調高壓，帶有強迫口吻。請慎選言詞。

……無法立即回答時

それは微妙ですね 這有點難說耶

確認の上、お返事をいたします
我確認好後再給您答覆

申しわけございません 非常抱歉

用「微妙」來表達自己無法判斷事情並不恰當。正確說法是先回答：「確認の上、お返事をいたします」，再請上司判斷。

……說明自家公司的新產品時

わが社の新製品を紹介します 為您介紹本公司的新產品

わたくしどもの新製品について、
ご説明をさせていただきます
請容我為您說明我們公司的新產品

本日は、**弊社**新製品のご紹介でうかがわせていただきました
今天來此的目的，是要向您介紹敝公司的新產品

「わが社」會給人自大的印象，對外部人士最好不要這麼用。可以說「わたくしども」、「弊社」。

……要說明對方可能已知的事情時

もうおうかがいになっていらっしゃると思いますが…
我想您應該已有所耳聞……

すでに**お聞き及び**のこととは
存じますが…
我想您應該已有所耳聞……

ご存じのように… 如您所知……

「うかがう」是謙讓語，即便說得再禮貌，也無法在指稱對方的行為時使用。「存じる」是「思う」的謙讓語；「ご存じ（ご存知）だ」是「知っている」的尊敬語。

……接在上司之後說明時

○○部長がおっしゃいましたように…
如同○○部長方才的高見……

○○が**申し上げました**ように…
如同○○方才所闡述的……

弊社の○○が申し上げましたように… 如同敝公司的○○方才所說……

只要是自家公司的人，即便是上司，也應該省略敬稱。在較正式的場合則可以用「弊社の○○」。

……想請對方看資料時

お渡しした資料を拝見してください　請拜讀您拿到的資料

お渡しした資料を**ご覧いただけますでしょうか？**

請過目您拿到的資料

お手元の資料を**ご覧ください**　請看您手邊的資料

「拝見する」是「見る」的謙讓語。要對較高位者說「請看」時，應使用尊敬語「ご覧になる」。

……遞出目錄時

カタログを置いていきますので、よかったら見てください

我將目錄放在這裡，不嫌棄的話可以看一下

こちらが新商品のカタログです。**よろしければご覧ください**

這是新產品的目錄，不嫌棄的話，請您過目

ショールームにお越しくだされば、実物をご覧になれます

您若願意賞光蒞臨展示屋，便可實際看到產品

「ご覧になる」是「見る」的尊敬語。用「よろしければ」便能夠內斂並謙虛地推銷。「お越しになる」是「来る」的尊敬語。

……答不出問題時

わからないので、くわしい者に聞いておきます

我不知道，我會去請教比較了解的人

すぐにお調べして**お返事を差し上げます**

我立刻查詢後再答覆您

申しわけございません　非常抱歉

在商務談判或與生意夥伴的交涉中，千萬不可以說「わからない」。先為無法立即回答一事致歉，再許下日後答覆對方的承諾吧。也別忘了使用緩衝語句。

……提醒對方時

必要書類をお忘れしないように… 注意別忘了重要文件……

必要書類を**お忘れになりませんように、**
ご注意ください

請留意，不要遺忘了重要文件

必要書類をお忘れのないように… 請勿遺忘重要文件……

「お忘れしない」並不是敬語的表達方式。提醒對方「請不要忘記」時，應該用帶有尊敬語意的「お忘れになる」，說成「お忘れになりませんように」。

……表達願聞其詳時

お話を聞かせてもらっていいですか？ 說給我聽好嗎？

お話を**うかがわせていただけますでしょうか？**

能否請教您的想法？

ご意見を**お聞かせいただけますでしょうか？** 能否請教您的意見？

用「聞く」的謙讓語「うかがう」再改為詢問句「うかがわせていただけますでしょうか？」請對方告知想法。問對方「いいですか？」則會顯得魯莽。

……提出強人所難的要求時

無理は承知ですが、なんとかなりませんか？
我知道您很為難，但能不能想點辦法？

ご配慮願えませんでしょうか？

能否勞您關照呢？

本日は、ご無理を承知でお願いにあがりました
今日來此，是想要商量一件恐怕會令您為難的事

「ご配慮」是指較高位者對較低位者的體恤與費心。要說「ご配慮願えませんでしょうか？」「ご配慮いただけないでしょうか？」用謙虛的態度請對方幫忙。

……請求協助時

力を貸してください 請幫幫忙

お力添えいただけないでしょうか？
能否請您相助？

お知恵を拝借できませんでしょうか？ 能不能請您指點呢？（借用您的智慧）

「力添え」是助力、幫忙的意思。「お力添え」則是對長輩或較高位者使用的謙讓語。「拝借する」是「借りる」的謙讓語。

……請求幫忙介紹時

ご担当の方をご紹介してください 請由我介紹負責人

ご担当の方を**紹介していただけませんでしょうか？**
能不能請您為我介紹負責人呢？

お引き合わせいただけませんでしょうか？ 能否麻煩您介紹呢？

「ご紹介する」是指由我來介紹的謙讓表達，無法用來指稱對方的行為。應該改說「紹介していただけませんでしょうか？」

……超過預估時間時

お時間のほうは、まだ大丈夫ですか？ 您那邊的時間沒問題嗎？

お話を続けても**よろしいでしょうか？**
您介意我繼續說下去嗎？

お約束の時間を過ぎているようですが… 似乎已經超出原定時間了……

「〜のほう」這種模糊的問法並不恰當。「大丈夫ですか？」是在出了什麼問題，要表達關切時才會用的說法。因此這裡應該改說「よろしいでしょうか？」

……結束商務談判或會議時

次の約束がありますので、そろそろ…　我還有約，差不多該走了……

次回の打ち合わせは、〇日の〇時からということでよろしいでしょうか？

下一次會議是〇日的〇點開始，對嗎？

では、ご検討のほど、よろしくお願い申し上げます　那就有勞您考慮考慮了

送客方比客人更早站起來，等於是在催促客人趕快離開。切記要等對方先起身。

……促請對方考慮時

前向きに考えてもらえないでしょうか？　能否請您認真考慮一下呢？

ご検討いただけませんでしょうか？

能否請您考慮（我們的提案）呢？

では、次回の打ち合わせまでにご検討ください
那麼下次會議時再請教您的考慮結果

有些人聽到對方說「前向き」會覺得被冒犯。「ご検討」是請對方仔細研究後做判斷的謙卑說法。

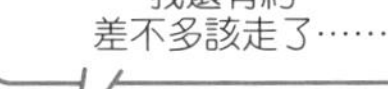

指責款項／貨期拖延，未按期履約

因未收到款項、貨品的問題而指正、催促對方時，就可以用以下的說法。即便對方理虧，也應該注意口吻，不要責備對方未履約或是使用命令語氣。

……未如期收到款項時

ご入金が遅れているようですが、いかがされましたでしょうか？
您的款項似乎尚未到帳，怎麼回事呢？

お調べいただけませんでしょうか？

能不能請您核對一下？

お手数ですが… 麻煩您了……

如果問「いかがされましたでしょうか？」就像是先入為主地認為對方忘記匯款、或是故意遲付。不要責備對方，而是應該謙虛地要求對方確認：「何かの手違いではありませんか（是不是哪裡出了差錯）？」「お忘れではありませんか（是不是不小心忘記了）？」。

Point 也有可能對方已經將款項匯入，只是陰錯陽差地沒聯絡上。應該向對方說清楚「目前尚未確認到入帳」這項事實。

……交期延誤時

納品期限を過ぎていますが、どうなっているのですか？

交期已經過了，現在是什麼情況？

恐れ入りますが、至急ご調査いただけませんでしょうか？

不好意思，能不能麻煩您立刻調查情況？

お約束の商品がまだ届いていないようです　您承諾的商品似乎尚未送達

嚴禁使用強硬的口吻責備對方。應該多用。「恐れ入りますが…」、「お手数をおかけいたしますが…」等緩衝語句，委婉地表達訴求。

……金額有誤時

請求書と納品書の金額が違うのは、どうういうことですか？

請款單和貨單上的金額不一致，這是怎麼回事？

ご確認いただけますでしょうか？

能否請您確認一下？

ご請求いただいた金額が納品書と異なっているようですが…

您的請款金額和貨單上的金額好像不一樣……

應該用婉轉的說法指出對方的錯誤，而不是直白地問：「どういうことですか？」「間違えていませんか？」

……未接到約定好的聯絡時

いつまで経っても連絡が来ないのは、どういうことでしょうか？

等了許久也不見您聯絡，怎麼回事？

いかがされましたでしょうか？

請問您那邊目前是什麼情況呢？

ご連絡をいただきたいと、お願いしていたつもりだったのですが…

先前應該是有請您聯絡我們……

禁止使用譴責對方的說法。此處應體諒對方情況且措辭需委婉，如：「いかがされましたでしょうか？」

拜訪其他公司

預約拜會

原則上拜訪其他公司時應該先行預約。先明確說出拜訪的目的與所需時間，再詢問對方的空檔，訂下訪問日期與時間。

……打電話詢問對方空檔時

いつならば、空いていますか？ 您什麼時候有空呢？

1時間ほど、お時間をいただけませんでしょうか？

能否占用您1個小時的時間呢？

30分ほど、お時間を頂戴できませんでしょうか？
能否給我30分鐘左右的時間呢？

打電話預約拜訪時，重點是要說清楚拜訪的目的，以及大約要打擾多久時間。應該開門見山地說清楚目的，如：「一度、ごあいさつにおうかがいさせていただきたいのですが…」、「先日、ご依頼いただいたお見積もりの件で…」再詢問對方是否方便。

無法配合對方指定的日期時

あいにく、その日は外せない予定がありますので、他の日でお願いできませんでしょうか？
很不巧，那天正好有排不開的事情，請問能不能改成其他天呢？

提議日期，詢問對方意見時

来週のご都合は、いかがでしょうか？
請問您下週方便嗎？

Point

預約拜訪時，原則上應由我方配合對方指定的日期。如果不巧無法配合對方指定的日期，則應該說「申しわけございません」，道歉之後，再請對方列出其他候補日期。如果是要向對方提議日期，要說「いかがでしょうか？」而不是「どうでしょうか？」

……確認約定的日期時

では、当日よろしくお願いします 那麼當天請多多指教

それでは、**〇月〇日〇時に、〇名で**
おうかがいいたします 那麼〇月〇日〇點，一共〇名人員將前往拜會

〇名でまいります 會有〇名人員前往

掛電話之前，記得和對方核對約好的時間是否有誤。有多名拜訪人員時，則事先一併告知人數。

……核對約定內容時

〇時に待ち合わせということで、よろしかったでしょうか？ 和您約的是〇點，對嗎？

〇時に待ち合わせということで、
よろしいでしょうか？ 和您約的是〇點，對嗎？

では、〇時に本社前でお待ちしております
那就當天〇點，在總公司門口恭候

「よろしかったでしょうか？」是很常聽到的說法，但其實用過去式是錯誤說法，應該是「よろしいでしょうか？」養成說正確用法的習慣吧。

……趕不上約定的時間時

すみませんが、10分くらい遅れます 不好意思，遲到10分鐘左右

10分ほど遅れてしまいそうなのですが、
お待ちいただけますでしょうか？
我們可能會遲到約10分鐘，能不能請您稍候呢？

お待たせして、たいへん申しわけございません
非常抱歉讓您等我們

應該提前在約定時間前聯絡、致歉，並告知預計抵達時間，接著再詢問是否方便晚點過去拜訪。

抵達後在櫃檯的應對

拜會方應該在櫃檯主動報上自己公司的名字、部門，以及姓名。請櫃檯幫忙傳達時，則應告知負責人所在的部門、姓名，以及是否有約好。

……要求找負責人時

営業部の〇〇様はおりますか？ 營業部的〇〇先生／小姐在嗎？

▼

営業部の〇〇様に**お取り次ぎいただけますでしょうか？** 可以請您轉告營業部的〇〇先生／小姐嗎？

〇時にお約束をいただいております、〇〇社の〇〇と申します
我是〇〇公司的〇〇，約好了今天〇點前來拜會

「おる」是「いる」的謙讓語，問「おりますか？」是錯誤用法。有先約好的話，就直接問櫃檯的人「お取り次ぎいただけますでしょうか？」

〇〇様はいらっしゃいますでしょうか？
請問〇〇先生／小姐在嗎？

恐れ入りますが、営業部長の〇〇様にお取り次ぎいただけますか？
不好意思，可以請您轉告營業部的〇〇部長嗎？

Point 無論對方的立場，一律使用尊稱「様」。職階也等同於敬稱，所以在自己公司內部可以說「〇〇部長」，但是一般不用這種方式稱呼客戶方人士。

……在櫃檯報上姓名時

(名刺を差し出して)わたくし、こういう者です

（一邊拿出名片）這是我

○○商事、○○部の
○○○○と申します

我是○○商事，
○○部的○○○○

いつもお世話になっております　一直以來承蒙關照

一開始就和櫃檯的人報上自己的公司名稱、部門，以及姓名是基本禮貌。對於有生意往來的公司可以一併寒暄道：「いつもお世話になっております」。

……不清楚負責人姓名時

～の担当者を呼んでもらえますか？　可以幫我叫～的負責人過來嗎？

総務ご担当の方は、
いらっしゃいますか？

請問貴公司負責
總務的人在嗎？

恐れ入りますが…　不好意思……

「呼んでもらえますか？」這種請求方式太傲慢。應該用「いらっしゃいますか？」「ご在席でしょうか？」「お願いできますか？」等問法。

……無預約的拜訪

近くまで来たので、ちょっと寄らせてもらいました

因為來到這附近，就順道來拜訪一下

近くへまいりましたので、ごあいさつにと
思いまして寄らせていただきました

因為來到這附近，所以便想著過來向貴公司問候

突然にうかがいまして、たいへん申しわけありません
非常抱歉臨時來拜訪

「正好在附近就順便過來了」這樣的說法好像看不起人一樣，不是很好。

負責人不在時

如果沒有預約就前往拜訪，可能會碰到對方正好外出等負責人不在的情況。這時候就請人轉達並留下名片再離開。

……約定改日再拜訪時

日を改めて、うかがわさせていただきます 請容我改日再來拜訪

それでは、また日を改めて**おうかがいいたします**

那麼我改日再來拜訪

失礼いたしました 真是抱歉

「うかがう」是謙讓語，再疊加上「～させていただく」這樣的敬語表達，就顯得太過迂迴。可以簡潔地說「おうかがいいたします」。

留下名片離開時

恐れ入りますが、ご担当の方に名刺だけでもお渡しいただけますでしょうか？

不好意思，能不能請您至少將我的名片交給負責人呢？

Point 這是留下名片以代為問候時的說法。若是說「名刺を置いていくので、担当者に渡してください」則不夠客氣，有失禮貌。

……請對方轉告自己來過時

○○様が戻ったら、○○が来たと伝えておいてください

○○先生／小姐回來以後，請轉告他○○來過

○○社の**○○がうかがった**と、お伝えいただけますでしょうか？

能不能請您轉告他，○○公司的○○有來拜訪？

○○様がお戻りになりましたら…　等○○先生／小姐回來以後……

使用「来る」的謙讓語「うかがう」。「戻ったら」應該要改說「お戻りになりましたら」。「伝えておいてください」則改說「お伝えいただけますでしょうか？」

……請對方轉介給同部門的人時

他の方でもかまいません。～についてわかる方はいませんか？

找其他人也可以。有沒有哪一位是對～比較熟悉的？

どなたか同じ部署の方にお取り次ぎいただけないでしょうか？

能不能請您幫忙聯繫別位同部門的人？

恐れ入りますが…　不好意思……

「他の方でもかまわない」的說法很失禮，彷彿瞧不起對方。應該先說明目的：「～の件でうかがいたいことがございます（這次拜訪是為了～）」，再請對方轉介。

……約好的負責人不在時

○時にお約束をしたはずなのですが…

我應該有和他約好○點的啊……

こちらで**何か手違いがあったのかも**しれません

有可能是我們這裡出了什麼差錯

まことに恐れ入りますが、○○様に**ご確認いただけないでしょうか？**
非常抱歉，能不能請您和○○先生／小姐確認一下？

禁止在言行間透露出不滿的情緒。即便是對方忘了約定，也要說：「こちらの手違いかもしれない」用謙虛的態度請對方確認。

拜訪其他公司

與負責人寒暄、交換名片

交換名片是一個社會人士必須學會的基本禮儀。學會如何得體地遞出和收下名片，並將禮貌周到的寒暄話謹記於心吧。

……遞出名片時

わたくし、こういう者です 這是我

はじめまして。わたくし、
〇〇社営業部の〇〇〇〇と申します

幸會。我是〇〇公司營業部的〇〇〇〇

どうぞよろしくお願いいたします　請多指教

一邊說「こういう者です」一邊把名片遞給對方是不禮貌的行為。應該清楚說出自己的公司名稱、隸屬部門以及姓名。如果不得已必須隔著桌子寒暄時，則應加上一句「テーブル越しで申しわけありません」對初次見面的人要說「はじめまして」，不要忘記基本的招呼。

錯失遞名片時機時

申し遅れました。
〇〇社〇〇部の
〇〇〇〇と申します

不好意思，介紹晚了。
我是〇〇公司，
〇〇部門的〇〇〇〇

Point 如果來不及遞出名片就已經展開了話題，則可以等談話告一段落時，見機插話遞出名片，說：「申し遅れました」、「ごあいさつが遅れました」。

……交換名片後寒暄

これからよろしくおつき合いください 今後也請多和我們往來

どうぞよろしくお願いいたします

請多指教

今後ともよろしくお願い申し上げます　今後也請多多指教

對立場較強勢，或者位階比較高的人說「よろしくおつき合いください」是不禮貌的。在商務談判場合裡，應該用「どうぞよろしくお願いいたします」等說法。

……收下名片時

…（無言） ……（沉默不語）

○○様でいらっしゃいますね。
頂戴いたします

○○先生／小姐，我收下您的名片了

恐れ入ります　謝謝

基本對應是複誦對方的名字，並說「頂戴いたします」。要將收下的名片當場收進名片夾時，則應該先和對方打個招呼，說聲「失礼いたします」。

……忘記帶名片時

すみません。名刺を忘れてしまいました 不好意思，忘記帶名片了

あいにく**名刺を切らして**
しまいまして…

名片碰巧用完了……

申しわけございません　非常抱歉

日後碰面再補上名片時，則要說：「先日は名刺を切らしており、たいへん失礼いたしました。改めまして、○○と申します」。

……不知道名字讀法時

お名前はなんと読めばいいのですか？　請問您的名字怎麼念？

失礼ですが、お名前は**どのように**
お讀みするのでしょうか？

不好意思，請教一下您名字的讀法是什麼？

〇〇様とお読みすればよろしいのでしょうか？
〇〇先生／小姐，請問這樣的讀法對嗎？

沒聽清楚對方說的名字時，則可以問：「恐れ入りますが、お名前をもう一度、おっしゃっていただけますでしょうか？」

……換新名片時

このたび、営業課長に昇進しましたので、新しい名刺を受け取ってください
我現在升職成了營業課長，請收下我的新名片

部署が変わりましたので、
改めてごあいさつをさせてください

我現在換了部門，請容許我重新介紹自己

今後とも、よろしくお願いいたします　今後也請多多關照

電話號碼或電子信箱有變動時，則要補上一句：「お手数ですが、アドレス帳のお書き換えもお願いいたします」。

……走馬上任時的寒暄

〇〇さんの後任として、担当を任せられました〇〇です
我是〇〇，公司委派我接替〇〇先生／小姐擔任負責人

今月より、わたくし〇〇が
御社を担当させていただくことになりました

從這個月起，由我〇〇來負責貴司相關事務

よろしくお願いいたします　請多指教

加上一句「前任の〇〇がたいへんお世話になりました」，可以表達出你身為公司一分子的自覺。

……向客戶介紹同行的上司

わたくしの上司の、〇〇課長です　這位是我的上司，〇〇課長

課長の〇〇です　這位是我們的課長，〇〇

ご紹介させていただきます　請容我為您介紹

向外部人士介紹自己公司的「〇〇課長です」並不恰當。應該要先報上其職位，再直接說出名字：「課長の〇〇です」。

……向自己的上司介紹客戶方的人時

こちらが、〇〇社長様になります　這位是〇〇社長大人

こちらが、いつもお世話になっている **社長の〇〇様**です　這位是相當關照我們的社長，〇〇先生／小姐

こちらが**営業部長の〇〇様**です　這位是營業部長〇〇先生／小姐

「社長」、「部長」、「支店長」這類職稱本身就是表達恭敬的敬稱，因此「〇〇社長様」是錯誤說法。

錦上添花的寒暄用語

社會人士應有的禮節，並不僅僅體現在打招呼與問候的場面。倘若是發自內心地尊敬對方，自然能夠懂得如何在日常生活中使用敬語以及禮貌措辭。

……送出伴手禮時

つまらないものですが… 不是什麼大不了的東西……

心ばかりのものですが、よろしければ、皆さまでお召し上がりください

這是一點心意，不嫌棄的話，請各位一起享用

お口に合いますかどうかわかりませんが… 不知道合不合您的口味……

「つまらないものですが…」這樣的謙遜說法是要避免施恩於人的感覺，是日本人細膩周到的表現。但是近來卻也出現了對方無法聽出話中真意，反而覺得受到冒犯的情況，因此在某些時候，改用「心ばかりのものですが…」等其他說法為佳。「召し上がる」則是「食べる」的尊敬語。

心ばかりのものですが…
這是一點心意……

甘い物がお好きだと、うかがいましたので…
我聽說您喜歡吃甜食……

Point 「心ばかりのもの」這句話中帶有含蓄的謙虛，言下之意是「我挑了很久，不知道您喜歡收到什麼」、「不曉得您會不會喜歡……」。

Point 有時大方說出送禮的心意，會比迂迴的表達更好。

……贈送薄禮時

うちのカレンダーになります。どうぞご活用してください
這是我們的月曆，請收下

弊社のカレンダーです。
どうぞ**ご活用ください**
這是敝公司的月曆，
請您收下

記念の品でございます。どうぞ**お持ちくださいませ**
這是一點紀念品，請您收下

「ご活用してください」是錯誤用法。應刪掉「して」，說成「ご活用ください」。有些情況下會用「うち」代稱自己的公司，但正式場合裡還是避免來得好。

……客人端茶過來時

どうもすみませんです　不好意思

お気づかいありがとうございます。
どうぞおかまいなく…
謝謝，您費心了。
請不用這麼多禮……

頂戴いたします　謝謝（我收下了）

和對方說「ありがとうございます」，表達感謝之意吧。如果坐在自己面前的負責人正在說話，那麼只要看著奉茶的人，點頭示意即可。

……借廁所時

すみません、おトイレはどこでしょうか？
不好意思，請問廁所在哪裡？

恐れ入りますが、**お手洗いを貸して**
いただけますか？
不好意思，
我能借用洗手間嗎？

化粧室をお借りしてもよろしいでしょうか？
可以借用一下化妝室嗎？

原則上外來語不加「お」，直接說「トイレ」，或是用「お手洗い」這樣的和式詞語。

拜訪其他公司

臨別告辭

一般情況下，由訪客方提出告辭較為禮貌。不要讓對方有多餘的顧慮，在恰當的時機主動告辭吧。

……開口告辭時

ぼちぼち失礼しましょうか… 我們該走了吧……

本日は**お時間をいただきまして、まことにありがとうございました**

今天真的非常謝謝您撥出寶貴的時間

では、そろそろ**失礼いたします** 那我們差不多該告辭了

先說「お時間をいただきまして、ありがとうございます」，感謝對方撥出時間與我們會面，再說「失礼いたします」，並起身離開。

超過預定的洽談時間時

すっかり長居をしてしまいました。
そろそろ、おいとまさせていただきます
不好意思叨擾了這麼長時間。我們差不多該告辭了

Point 「おいとま」是告辭的意思，表達要從別人的地方離開。「おいとまする」此處是作為「帰る」的謙讓表達。

對方接下來還有行程時

わたくしも次の予定がございますので、
また改めてうかがわせていただきます
我接下來也有安排，改天再來拜訪

Point 請臨機應變，視當下情境來決定如何辭別。如果對方好像很忙，則可以體貼地說「わたくしも次の予定がございますので…」，消除對方的顧慮。

わざわざお見送り、すみません 不好意思，還讓您特地送我

お見送り、**ありがとうございます**

謝謝您送我出來

それではこちらで失礼いたします 那我們就此告辭了

「わざわざ」也包含了多此一舉的意思。要是沒多想就說了這個詞，可能會讓對方覺得你在表示「大可不必來送自己」，不可不慎。

……婉拒對方相送時

お見送りは無用ですので、どうぞお引き取りください 不用送了，請回吧

こちらで**失礼させていただきます**

我就在這裡告辭了

こちらで**けっこうでございます** 您留步

即使對方表示要送到門口，一般做法是送到電梯或樓梯前時就請對方留步。

……向櫃檯人員打招呼

…（無言） ……（沉默不語）

失礼いたします 我告辭了

お邪魔いたしました／ありがとうございます 打擾了／謝謝

經過櫃檯時也不要忘了和櫃檯的人打招呼。如果對方正在接待來賓，也可以不出聲，僅以點頭示意。

服務業的應對禮儀

接受訂位與帶位

接待客人最重要的是有「おもてなしの心（款待的心）」。假如不是真心誠意，禮貌的敬語都會成為嘴上功夫，無法真正讓客人寬心與滿意。

……接受電話訂位時

ご予約状況を確認いたしますので… 我確認一下訂位狀況……

予約状況を確認いたしますので、
少々**お待ちくださいませ** 請稍候，我為您確認一下訂位狀況

ご予約でございますね。ありがとうございます 訂位嗎？好的，謝謝您

問了訂位時間與人數後，請對方稍等你做確認時，就可以這麼說。「訂位狀況」是指店家這方的情況，所以「予約状況」不需要加上「ご」。請對方在電話那頭稍作等候時，則說「少々お待ちくださいませ」。

告知可訂位時

はい、お席のご用意ができます。
〇名さまのご予約、確かにうけたまわりました
可以為您準備座位，一共〇名的座位，已經為您預約好了

謝絕訂位時

申しわけございません。
〇日の〇時はあいにく満席となっております
非常抱歉，〇日〇點的座位不巧已經滿了

Point 要重點留意的是婉拒訂位時的說法。比平常的說話方式再壓低幾分語調，更能展現店家對無法符合客人期待的歉疚心情。

予約はお済みですか？ 有預約嗎？

ご予約を**いただいておりますか？**

請問是訂位的客人嗎？

いらっしゃいませ　歡迎光臨

「予約はお済みですか？」的問法並不恰當，彷彿店家在挑選客人一樣。確認人數時則可以問「何名さまでいらっしゃいますか？」

お席にご案内させていただきます 容我為您帶位

ただいま、お席に**ご案内いたします**

現在就為您帶位

すぐにご案内いたしますので、こちらにおかけになってお待ちくださいませ
請在此稍坐，馬上為您帶位

「ご案内する」是「案内する」的謙讓說法，再加上「させていただく」則會形成太過繁複的敬語，說「ご案内いたします」就足夠了。

禁煙席でよろしかったでしょうか？ 坐禁菸席可以嗎？

禁煙席で**よろしいでしょうか？**

坐禁菸席可以嗎？

おタバコはお吸いになりますか？　請問您是否抽菸呢？

用過去式問「よろしかったでしょうか？」並不恰當。「よろしいでしょうか？」才是正確的敬語表達。

服務業的應對

基本待客之道

說服務生的用字遣詞決定了一間店的格調也不為過。注意那些不小心植入腦海、實為錯誤表現的打工敬語，有意識地改正過來吧。

……點餐時

ご注文は、いかがいたしますか？ 我幫您點餐嗎？

ご注文は、**いかがなさいますか？**

您是否要點餐了呢？

ご注文は、**お決まりでしょうか？** 您決定好餐點了嗎？

「いたす」是「する」的謙讓語，「なさる」才是尊敬語。接待客人時，用表示尊敬客人的敬語說法「いかがなさいますか？」，會比「いかがいたしますか？」來得更禮貌。

✕

○

Point 「お召し上がりになられる」是過度的敬語。說「お召し上がりになる」就已經足夠表達恭敬。「お召し上がりになる」也是雙重敬語，但這種說法已積非成是，被廣泛使用。

……核對餐點時①

ご注文を繰り返します 重複您點的餐

ご注文を**確認させていただきます**

請容我核對一下您點的餐

復唱いたします 複誦您點的餐

由於是先取得客人的同意才複誦餐點，因此使用「させていただく」的表達方式。

……核對餐點時②

ご注文は、以上でよろしかったでしょうか？

以上這些餐點是否無誤？

ご注文は、以上で**よろしいでしょうか？**

以上這些餐點是否無誤？

かしこまりました 好的

正確的日文是「よろしいでしょうか？」撤下空盤子時則要說「こちらをお下げしてもよろしいでしょうか？」

……確認餐點是否都到齊了

ご注文の品は、おそろいになりましたでしょうか？

請問您的餐點都到齊了嗎？

ご注文の品は、すべて**そろいました**でしょうか？

請問您的餐點都到齊了嗎？

お待たせいたしました 讓您久等了

「おそろいになる」是敬語的誤用。「おそろいになる」是「そろう」的敬語形式，但這麼說會變成在對「ご注文の品」表達敬意。

……被客人呼叫時

すぐ行きますので、ちょっとお待ちください
請等一下，我馬上去

ただいま、まいりますので、
少々お待ちください
請稍候，我立刻過去為您服務

ただいま、お持ちいたします　我立刻為您準備

應該使用「行く」的謙讓語「まいる」。將「すぐ」改成「ただいま」，「ちょっと」改成「少々」更禮貌。

……答不出客人的問題時

うかがってきますので、少々お待ちください
我去向人請教再回來，請稍候

聞いてまいりますので、
少々お待ちください
我去詢問，請稍候

お調べいたしますので、少々お待ちください　我去查詢，請稍候

「うかがう」是「聞く」的謙讓語。若是例句中「うかがってきます」的說法，表達敬意的對象就成了自己的同事，而非客人。

……請客人試吃／試穿時

ご試食（ご試着）してください　請試吃（試穿）

よろしければ、**ご試食（ご試着）**
ください
方便的話，請您試吃（試穿）看看

ご試食（ご試着）なさってください　請試吃（試穿）看看

比較恰當的敬語說法是「ご～くださる」。應該刪掉「して」，用「ご試食（ご試着）ください」來表達。

……缺貨時

あいにく品切れです 不巧賣光了

ただいま、～を**切らしております**

目前～（商品名）缺貨

申しわけございません 非常抱歉

沒有庫存時，可以用「切らしております」這種說法來告訴客人。如果要去確認庫存，則說「ただいま、確認してまいります」。

……推薦特惠商品時

たいへんお求めやすい価格となっております 現在價格非常優惠

たいへん**お求めになりやすい価格**となっております

現在價格非常優惠

どうぞ、お手にとって**ご覧ください** 歡迎拿起來看看

「お求めやすい」是錯誤說法。正確應為「お求めになりやすい」。「ご覧になる」是「見る」的尊敬語。要「請客人看」的時候，應該說成「ご覧ください」。

服務業的應對

結帳

覺得打工敬語不協調的人並不在少數。認知到「〇万円からお預かりします」、「〇円のおつりになります」這些說法的不對勁之處，學會使用正確的日文吧。

……收錢時

1万円からお預かりします　從1萬日圓收錢

1万円、お預かりいたします

收您1萬日圓

1万円でのお支払いでよろしいでしょうか？　要使用1萬日圓支付是嗎？

這是收下1萬日圓並找零的場景。「1万円からお預かりします」這種說法，會變成「從1萬日圓那裡收取某東西」的意思，所以「から」是不需要的。

告知結帳金額時

×

〇

2,000 円、
いただきます

Point

許多人已經對這種說法司空見慣、習以為常，但也有許多意見指出「〇円になります」這種說法並不正確。請告別打工敬語，學會使用正確日文。涉及金錢交易時，也不適合使用「～のほう」這種曖昧的說法。

8,000円のおつりになります 這是8,000日圓的找零

8,000円の**お返しでございます**
這是您的8,000日圓找零

8,000円をお返しいたします 找您8,000日圓

正確的敬語是「8,000円をお返しいたします」，不過目前更普遍使用的是「8,000円のお返しでございます」。

当店では、クレジットカードはご利用できません
本店無法使用信用卡

当店では、クレジットカードは
ご利用いただけません
本店無法使用信用卡

当店では、クレジットカードは**ご利用になれません**
本店無法使用信用卡

正確的敬語表達是「ご利用いただけません」、「ご利用になれません」。此外，在開頭加上一句「申しわけございません」，可更有效地讓對方點頭。

お会計は、テーブルのほうでお願いいたします
麻煩在桌邊那邊結帳

お会計は、**テーブルで**
お願いいたします
請您至桌邊結帳

ただいま伝票をお持ちいたしますので、お席でお待ちください
請在座位上稍候，我立刻將帳單拿給您

不需要加上「～のほう」。有些店家會將結帳說成「おあいそ」，不過這並非所有人都通用的詞彙，還是使用「お会計」較為保險。

招待

招待客戶

設宴招待是為了與客戶進行溝通，以期工作更順利進行。掌握招待的目的，例如要交流情誼或是致謝，讓對方有賓至如歸的感受吧。

……詢問飲品喜好時

何をお召し上がりになられますか？ 您要喝什麼呢？

お飲み物は、何を**お召し上がりになりますか？**

您要喝什麼呢？

何を**お飲みになりますか？**／何を**召し上がりますか？**
您要喝什麼呢？

「召し上がる」是「飲む」、「食べる」的尊敬語。「お召し上がりになる」、「お飲みになる」再加上「られる」形成「お召し上がりになられる」、「お飲みになられる」就成了過度的敬語，應避免使用。

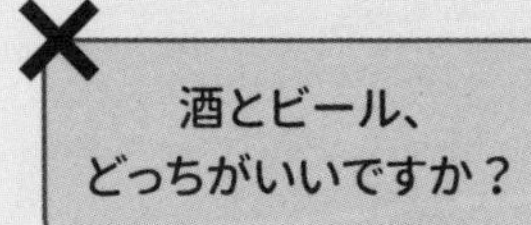

〇 お酒とビール、どちらがよろしいですか？

Point 在款待客戶的宴席上，會更加注重用字遣詞的禮貌性。「どっちがいいですか？」這種問法過於粗鄙，應該替換為「どちらがよろしいですか？」

……款待方的寒暄話

今日は来てくれてありがとうございます 今天謝謝你來

本日はお忙しいところ、**お越しいただき**ありがとうございます 今天非常感謝您百忙之中撥冗前來

ようこそ、**おいでくださいました** 感謝您賞臉蒞臨

即便是新人，只要參與了宴席就是款待方的一員，應該注意使用得體的措辭表達對客人的尊敬。

……勸客人動筷時

遠慮なくいただいてください 不用客氣，儘管吃

冷めないうちに／温かいうちに、どうぞ**お召し上がりください** 敬請趁熱品嚐

どうぞ**召し上がってください** 請用

「いただく」是「食べる」的謙讓語，此處不可使用。一般來說，雙重敬語的用法並不恰當，但是也有些用法如「お召し上がりになる」已經根深蒂固，被廣為使用。

……勸客人加點飲料時

おビールはもうよろしいですか？ 還要啤酒嗎？

何か**お飲み物**をお持ちしましょうか？ 需要幫您拿什麼飲料來嗎？

他のお飲み物をおとりしましょうか？ 我幫您拿其他飲料來好嗎？

啤酒是外來語，原則上不會使用加上「お」的「おビール」這種說法。想表達禮貌時，可以將外來語改成日式說法，如：「お飲み物はいかがですか？」

……自己公司的社長要致詞時

それでは、社長からごあいさつをいただきます 敬請社長致詞

それでは、社長の〇〇から
ごあいさつを**申し上げます**

那麼接下來由社長〇〇為各位貴賓致詞

弊社の社長、〇〇がごあいさつを申し上げます
由敝公司的社長〇〇進行致詞

倘若在場多數是別間公司的人，自己公司的主持人便應該說「社長からごあいさつを申し上げます」，以此表達對賓客的尊敬。

……餐後寒暄

おいしかったでしょうか？ 好吃嗎？

お料理は、**お口に合いました**
でしょうか？

餐點合您的口味嗎？

おくつろぎいただけましたでしょうか？ 沒有讓您感到拘束吧？

「お口に合いましたでしょうか？」是考慮到客人感受的問法，而非強迫對方接受自己的想法和評價。另外，在「料理」前加上「お」則是展現高雅的一種敬語表達。

……致贈伴手禮時

つまらないものですが、お受け取りください
一點薄禮不成敬意，請笑納

お荷物になりますが、
どうぞお持ちくださいませ

勞您辛苦帶回去了，請笑納

心ばかりのものですが… 這是一點心意……

說「つまらないもの」是謙遜的美德，但是近來也有不少人對此說法有疑慮，因此必須謹慎使用。

タクシーをお呼びになりますか？ 您要叫計程車嗎？

タクシーを**お呼びいたしましょうか？**

是否要幫忙叫計程車呢？

お車を**お呼びしましょうか**？ 是否要幫您叫車呢？

「お呼びになる」是「呼ぶ」的尊敬語。因為是你自己要叫計程車，所以這裡不適合使用，應該用「お呼びする」等謙讓說法。

お車が到着なさいました 車子駕到了

車が**到着いたしました** 車子抵達了

お忘れ物はございませんでしょうか？ 有沒有遺忘物品呢？

「～が到着なさいました」是對人表達恭敬時的敬語說法。說成「お車が到着なさいました」則會變成對車子表達恭敬。

招待

接受招待

接受招待時，最重要的是有代表公司參加的自覺。即便是在酒席上，也應該保持禮貌合宜的言行舉止，不可失了分寸。

……被詢問飲品時

ビールでけっこうです　啤酒就好

ビールをいただけますでしょうか？

可以給我啤酒嗎？

恐れ入ります　不好意思

被詢問「お飲み物は何がよろしいですか？」的時候，不要說「ビールでいいです」，應該說「ビールがいいです」，大方告知自己想喝的東西，更能博得好感。

婉拒對方倒酒或加點時

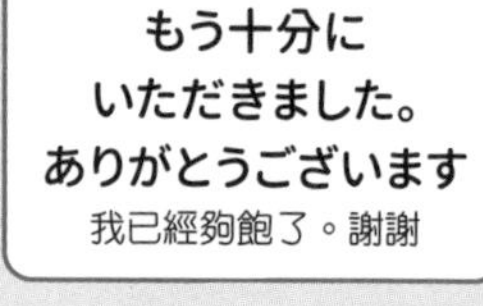

Point 用「もうけっこうです」這種拒絕方式，可能會讓對方覺得一番好意卻被潑了冷水。不要忘記加上一句「ありがとうございます」來表達感謝。

……被招待方的寒暄

ご招待、ありがとうございます　感謝招待

本日は**お招きにあずかり**まして、
まことにありがとうございます

今日承蒙招待，非常感謝

お招きいただきまして、ありがとうございます　承蒙招待，非常感謝

謝謝對方款待時，不要省略成簡短的語句，應該規規矩矩地道謝。「お招きにあずかる」是「招待を受ける」的謙讓說法。

……感謝款待時

どうも、ごちそうさまです　感謝請客

本日は**ごちそうになりまして、**
ありがとうございました

今日承蒙招待，
不勝感謝

ご丁寧なおもてなし、ありがとうございます　謝謝您的用心款待

透過「ごちそうになりまして、ありがとうございました」來更為鄭重地表達感謝。

……臨別寒暄

お疲れさまでした　辛苦了

お陰さまで、**楽しい時間を過ごさせて**
いただきました

多虧了您，我度過了非常快樂的時間

今後ともよろしくお願いいたします　今後也承蒙您關照了

臨別之際，應該感謝對方讓自己度過了一段有意義的時光，並訴說今後能夠維持情誼的期望。

COLUMN

區分尊敬語和謙讓語

即便腦中明白兩者的不同，但是面臨到要使用時，還是搞不清楚尊敬語與謙讓語該怎麼區分。透過以下幾個假設情境，釐清該使用什麼詞彙，以及應當表達敬意的對象吧。

1對1情境下，提及對方行為時

對方的行為
尊敬語

自己
（說話方）

上司或客戶
（傾聽方）

1對1情境下，提及自己行為時

對其他公司的人提及自己公司人員的行為時

對上司提及同事的行為時

對前輩、同事提及上司的行為時

對公司員工的家人提及該員工的行為時

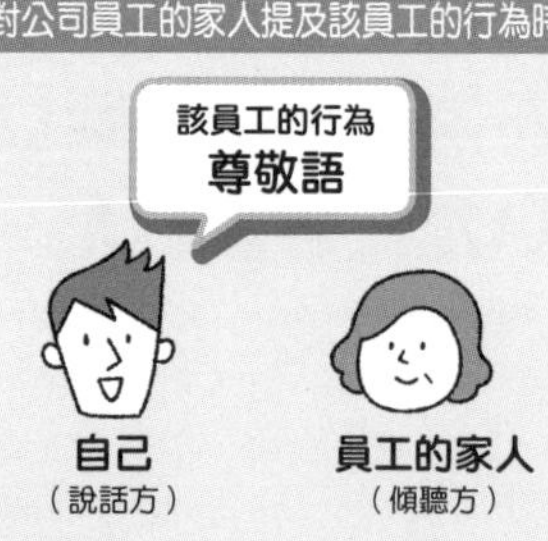

電話應對

撥打電話

第一句話

由於電話中無法看見對方的表情，所以聲音的印象和用字遣詞便格外重要。務必要當作對方就在眼前一般，保持輕快開朗的語調。

……要求轉接負責人時

〇〇部長さんは、おられますでしょうか？ 請問〇〇部長在嗎？

部長の〇〇様は、
いらっしゃいますでしょうか？

請問部長〇〇先生／小姐在嗎？

ご在席でしょうか？ 請問他在座位上嗎？

「おる」是「いる」的謙讓語，此處應使用尊敬語「いらっしゃる」，形成「いらっしゃいますでしょうか？」的問法。「いらっしゃられますか？」是錯誤用法。

営業部の〇〇様は、
いらっしゃいますでしょうか？

Point 在電話中，只要一聽聲音就知道你有沒有禮貌。即便和對方關係熟稔，商務電話的用詞都需要禮貌得體。應該避免「いますか？」這種沒大沒小的說法，恭敬地說「いらっしゃいますでしょうか？」

……致電給客戶時

もしもし、○○社の○○ですけど…　喂？我是○○公司的○○……

○○社の○○と申します。
いつもお世話になっております

這裡是○○公司，我叫做○○，一直以來承蒙關照了

ただいま、お時間を頂戴してもよろしいでしょうか？
請問現在是否能占用您一些時間？

在商務電話中，不需要說「もしもし」。打電話給客戶時，應該向對方寒暄：「いつもお世話になっています」。

……初次致電時

はじめまして…　幸會……

突然のお電話で、たいへん恐縮です

冒昧致電，實在惶恐

わたくし、○○社の○○と申します　這裡是○○公司，我叫做○○

「突然のお電話」是打給初次致電的人時的固定說詞。用「たいへん恐縮です」表達歉意後，再報上公司名字與自己的姓名。

……致電給一般家庭時

○○さんのご自宅でよろしいでしょうか？
這裡是○○先生／小姐的自宅，對嗎？

わたくし、○○と申しますが、
○○様のお宅でしょうか？

我叫做○○，請問○○先生／小姐住在這裡嗎？

恐れ入りますが、○○様はご在宅でしょうか？
不好意思，請問○○先生／小姐在家嗎？

劈頭就問「○○さんのご自宅ですか？」會讓人觀感不佳。應該先報上自己的名字。

撥打電話

基本應對

講電話時必須要顧慮到對方的情況。致電給關係較親近的人時，在問候上難免容易敷衍了事，但是也不應該忘了表達平日裡的感謝。

……進入正題前

いま、お時間、いいですか？ 現在有空嗎？

お話をさせていただいても、よろしいでしょうか？ 請問現在能和您說話嗎？

少々お時間をいただいても、よろしいでしょうか？ 能耽誤您一些時間嗎？

在進入正題應該前先問一句，顧慮到對方是否方便。如果對方似乎忙碌，則應該先說「お忙しいところ、申しわけございませんが…」，再進入話題。「させていただく」則是先取得對方許可，才進行某行為時的說法。

想確認有沒有收到傳真時

先ほどFAXを3枚お送りいたしましたが、お手元に届いておりますでしょうか？

方才發了3張傳真過去，請問有收到了嗎？

Point 發送了重要傳真之後，一定要致電詢問對方是否有收到。發傳真之前，最好先告知對方「これからFAXをお送りいたします」。

どうも、〇〇です 你好，我是〇〇

〇〇社の〇〇でございます。
いつもお世話になっております
我是〇〇公司的〇〇。一直以來承蒙關照

〇〇社の〇〇です。**先日はありがとうございました**
我是〇〇公司的〇〇。前些日子真是謝謝您

這是負責人接電話時的寒暄方式。即使雙方關係不錯，只說一句「どうも」來打發對方還是很失禮。

……打到對方手機時

いま、大丈夫ですか？ 現在說話沒有問題吧？

ただいま、**お話ししても**
よろしいでしょうか？
請問現在
方便和您說話嗎？

外出先にまでお電話をして申しわけございません
非常抱歉，在您外出時還打電話給您

撥打對方的手機時，記得先確認對方是否能說電話，再進入正題。「大丈夫」是當對方有什麼困難時才會用的問法。

……掛電話時

よろしくどうぞ 請掛吧

では、よろしくお願いいたします。
失礼いたします
那就多多麻煩了。我就掛電話了

ごめんくださいませ 不好意思

說完「失礼いたします」以後，應該等聽到對方掛斷後，自己再掛上電話。「よろしくお願いします」也不應該省略成「よろしく」。

撥打電話

負責人不在

當要找的人不在時，有幾下幾種應對方式：①詢問對方歸來的時間後，再次致電。②請人轉告自己來過電話。③請對方回電。④留言請人轉告。

……許諾會再次致電時

あとでまた、電話をします 我等一下再打

では、○時すぎに改めて
お電話をさせていただきます
那麼，我會在○點過後再次致電

お戻りになるころ、**こちらからおかけ直しいたします**
等他回來那時，由我這裡再次致電

因為是取得對方同意後才做的行為，所以使用「させていただく」的句型。先告知大約的致電時間段，如此可以減少對方等待的時間。「お電話」則是向對方表示尊敬，屬於名詞的謙讓語（謙詞）。

詢問返回時間時

お戻りは、何時ごろのご予定でしょうか？
請問他預計幾點左右會回來呢？

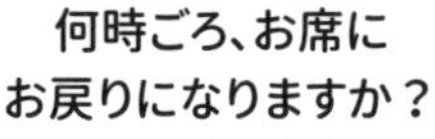

請問他幾點左右會回到座位呢？

「戻ってくるのは、何時ですか？」的問法太粗魯，應該客氣地詢問「何時ごろのご予定でしょうか？」如果要日後重新致電，則可以問：「明日（みょうにち）は、会社にいらっしゃいますか？」

……請人轉告自己來過電話

〇〇から電話がありましたと、申し伝えてください

請告訴他〇〇有打電話找他

〇〇が電話を差し上げたことだけ、
お伝えいただけますでしょうか？

能不能請您通知他一聲，說〇〇曾經致電？

お忙しいところ恐れ入りますが…　不好意思，在您忙碌時麻煩您……

此處的謙讓語「申し伝える」是錯誤用法。應該使用「お伝えいただけますでしょうか？」這樣尊敬語＋請求的形式來表達。

……要求對方回電時

お戻りになられましたら、折り返しお電話を頂戴できますでしょうか？

能不能請他回來以後給我電話？

お戻りになりましたら、電話をくださるようにお伝えいただけますでしょうか？

等他回來以後，能不能請他打電話給我？

本日、わたくしは〇時まで社におります　今天〇點以前我都會在公司

「お戻りになられましたら」是雙重敬語。「頂戴する」是「もらう」收受（東西）的謙讓語，因此「電話を頂戴する」是不恰當的日文。

……希望立即聯絡上對方時

すぐに電話がほしいと伝えておいてください

請轉告他，讓他立刻回電

お電話をくださるよう、
お伝えいただけますか？

能不能請您轉告，請他回電給我？

至急お知らせしたいことがございますので…　我有急事需要告訴他……

如果是高度緊急的要事，可以問：「～の件について、他におわかりになる方はいらっしゃいますでしょうか？」請其他可以處理的人來接手也不失為一種方法。

……告知自己的電話號碼時

わたくしの番号は、000-0000-0000になります

我的電話號碼是000-0000-0000

念のため、こちらの**電話番号を申し上げます**

為了慎重起見，我將電話號碼留下

（一呼吸置いて）よろしいでしょうか？ （隔一拍）我是否可以說了呢？

問「よろしいでしょうか？」是為了給對方準備抄寫的時間。說電話號碼時要注意語速，讓對方能夠聽清楚正確內容。

……用郵件告知要務時

すぐにメールを送るので、見てほしいと伝えておいてください

我立刻寄郵件過去，請轉告他記得看郵件

用件をメールで送らせていただきますので、よろしくお伝えください

我會將內容寫在郵件裡發給他，請知會他一聲

先ほど、〇〇様にあててFAXをお送りいたしましたので、ご確認ください

方才我已發傳真給〇〇先生／小姐，請您查看

使用「させていただく」這種徵求對方許可的說法更禮貌。

……在語音信箱中留言時

あとでまた電話します 晚點會再打給你

〇〇社の〇〇と申します。

～の件で**お電話**いたしました

我是〇〇公司的〇〇，致電給您是為了～的事情

改めてお電話をさせていただきます 我會再撥電話給您

如果需要對方回電，則應該直截了當地要求回電。「お電話」是名詞（電話）的謙讓語（謙詞），用來表達尊敬對方。

〇〇様に必ずお伝えしてください 請務必知會〇〇先生／小姐

恐れ入りますが、〇〇様に**お伝えいただけますでしょうか？** 不好意思，能不能請您轉告〇〇先生／小姐呢？

伝言をお願いしてもよろしいでしょうか？ 能否請您代為轉告？

「お伝えしてください」是錯誤用法。適當的說法是拿掉「して」，說「お伝えください」，或是用請求的說法：「お伝えいただけますでしょうか？」

あなた様のお名前はなんですか？ 您叫什麼名字呢？

失礼ですが、お名前を**お聞かせいただけますか？** 不好意思，能不能請教您的大名？

お名前を**おうかがいしてもよろしいでしょうか**？ 可以請教您的大名嗎？

用「お聞かせいただけますか？」這種詢問對方許可的方式來提出請求，會來得更加禮貌。「お名前」裡的「お」是表達敬意的尊敬語。

撥打電話

不同情況下的應對

打電話時，最重要的是「考慮到對方的情況」。對方可能正忙碌時，或是在下班時間打電話給對方時，應該要語帶抱歉、客客氣氣地開口。

……重新致電時

先ほどの件ですが、〇〇さんをお願いします

關於剛才的事，麻煩請找〇〇先生／小姐

先ほどお電話した〇〇ですが…

我是〇〇，方才有打過電話來……

〇〇様は、お戻りになりましたでしょうか？
請問〇〇先生／小姐是否回來了呢？

「先ほどの件」的這種說法，並無法讓對方清楚正確地知道你是重新致電。此時應該要禮貌地說出自己的名字：「先ほどお電話した〇〇です」。「お電話」是名詞（電話）的謙讓語，表示尊敬。

過沒多久就重打電話時

たびたび恐れ入りますが、
〇〇様はご在席でしょうか？

不好意思，多次打擾到您，
請問〇〇先生／小姐是否在座位上？

Point

「たびたび恐れ入ります」、「たびたび失礼いたします」是短時間內多次致電時會使用的固定說詞。如果都是同一個人接的電話，就可以先說上述的客套話。

……對方似乎很忙時

とりいそぎお伝えいたします 我抓緊時間說

改めさせていただきますので、ご都合のよろしい時間を教えていただけますか？

我換個時間再致電，是否能告訴我，您什麼時間方便呢？

ご都合のよろしいときに、ご連絡をいただけますでしょうか？
能不能等您方便的時候聯絡我呢？

基本做法是由自己重打，不過如果是急事，簡要地說明情況並請對方回電的這種做法也並不失禮。

……回電時

さっき電話をもらったみたいなんですが…
剛才您好像有打電話找我……

先ほど、お電話をいただいた**とのことですが…**

據說您方才有打電話給我……

○○様は、いらっしゃいますでしょうか？ 請問是○○先生／小姐嗎？

用「みたい」來模糊發言、試探對方的反應，會讓人觀感不佳。

……為沒接到電話致歉

電話に出れなくてすみません 不好意思，剛才沒能接電話

先ほどは、電話に**出られず**、申しわけございませんでした

方才沒能接電話，真是非常抱歉

先ほどは、席を外しており、申しわけございませんでした
方才正好離開座位，真是非常抱歉

「省略ら的語詞」會被視作錯誤文法。「出れる」、「見れる」、「食べれる」都應該要完整正確地說成「出られる」、「見られる」、「食べられる」。

……不知道負責人姓名時

～についてわかる人にかわってもらえますか？
能不能請熟悉～的人來聽電話？

ご担当の部署に取り次いでいただけますでしょうか？ 能不能請您將電話轉給負責的部門？

お答えいただける方に、かわっていただけませんでしょうか？
能不能請您將電話轉給能回答的人？

如果負責人正在忙線中，自己想要在電話中等候時，則可以說：「このまま待たせていただいてもよろしいでしょうか？」

……經人介紹而致電時

〇〇さんから紹介してもらった、〇〇と言います
我是〇〇先生／小姐介紹的，我叫〇〇

〇〇様の**ご紹介をいただきました、**〇〇社の〇〇〇〇と申します
承蒙〇〇先生／小姐介紹，我是〇〇公司的〇〇〇〇

〇〇様の**ご紹介をいただきまして**、初めてご連絡を差し上げます
承蒙〇〇先生／小姐的介紹，所以冒昧聯絡了您

此時應該對介紹人以及接電話者表達敬意，同時禮貌地自我介紹。正式的商務場景裡，別忘了在名字後方加上「様」。

……在下班時間致電時

こんな時間におかけしてすみません 很抱歉在這種時間打給您

夜分遅くに申しわけございません
很抱歉這麼晚打擾您

朝早くに失礼いたします 很抱歉一早就打擾您

倘若是在對方休假時打的電話，則可以說：「お休みの日にお電話をしてしまい、申しわけございません」。

間違えました。すみません… 打錯了，不好意思……

番号を間違えたようです。
たいへん失礼いたしました

我好像撥錯號碼了，真是非常抱歉

失礼ですが、そちらは○○社様ではございませんか？
不好意思，請問您這裡是○○公司嗎？

最忌諱的就是無聲地掛斷。只說一句「間違えました」也很失禮。如果對方接起電話後沒有報上姓名，則可以在開頭說：「失礼ですが～」，禮貌地確認對方的姓名。

……請人轉告正在拜訪客戶的自己公司員工時

御社にいらっしゃいます○○さんに、お伝えいただけますでしょうか？
可以請您轉告正蒞臨貴公司的○○先生／小姐嗎？

御社におうかがいしております○○に、
お伝えいただけますでしょうか？

敝公司的○○正在貴公司打擾，能否麻煩您傳話給他？

まことに恐れ入りますが… 實在抱歉……

用了尊敬語的「いらっしゃる」，就會變成在尊敬自己公司的人。另外，和別間公司的人提及自家公司人員時，原則上不加敬稱。

接聽電話

基本應對

初踏入職場的新人，主要的工作就是接聽電話。要有代表公司接聽電話的自覺，言辭應對得體，避免損害公司的形象。

……接電話時

もしもし　喂？

はい、こちら〇〇社でございます

您好，這裡是〇〇公司

いつもお世話になっております　素來承蒙關照

接聽電話時應遵照公司或部門內的慣用說法，基本原則是在開頭報上自己公司名稱。若是在上午偏早的時間打來的電話，有時候也會先道聲「おはようございます」。職場電話不需要說「もしもし」，同時也不可少了「いつもお世話になっております」等寒暄話。

未能立刻接起電話時

たいへんお待たせいたしました。こちら〇〇社でございます

抱歉讓您久候，這裡是〇〇公司

Point　應該在響三聲以內接起電話。未能即時接起電話時，則要在報上公司名稱之前先致歉：「お待たせいたしました」。

……詢問對方姓名時

どなたですか？ 您哪位？

失礼ですが、**お名前をお聞かせいただけますか？**

不好意思，能否告知您的大名？

お名前をおうかがいしてもよろしいでしょうか？ 請問您貴姓大名？

倘若致電方未自報姓名，此時可以先說「失礼ですが」，再禮貌地詢問：「お名前をお聞かせいただけますか？」

……詢問公司名稱時

どちらの会社の方ですか？ 您是哪間公司的？

失礼ですが、

どちらの○○様でいらっしゃいますか？

不好意思，請問您是哪一間公司的○○先生／小姐呢？

（相手が社名を名乗ったら）いつもお世話になっております

（對方報上公司名稱後）承蒙關照

轉接給負責人前，應該先問清楚對方的姓名和公司名稱。使用尊敬語「どちらの○○様でいらっしゃいますか？」詢問，更能讓對方留下良好印象。

……沒聽清楚對方名字時

よく聞き取れなかったので、もう一度名前を言ってください

我沒聽清楚，請再說一遍姓名

もう一度**お名前をおっしゃっていただけますか？**

能不能請您再說一遍貴姓大名？

申しわけございません 非常抱歉

只說「聞き取れなかった」，會顯得像是在怪罪對方沒說清楚。並且要使用「申しわけございません」這類緩衝語詞。

……要將電話轉給負責人時

わたくしにはよくわからないので、くわしい人にかわります
這我不太懂，我找知道的人來聽電話

担当の者にかわりますので、
少々お待ちくださいませ　為您轉接負責人，請稍候

〇〇部におつなぎいたしますので、少々お待ちください
為您轉〇〇部，請稍候

當對方說起非自己負責的事務時可使用的說法。絕不要說「わかりません」、「知りません」。適當回覆如：「わたくしではわかりかねますので、担当の者にかわります」。

……想確認負責人姓名時

どなたにご用でしょうか？　您要找哪位？

どの者をお呼びいたしましょうか？
請問要幫您找哪一位？

担当の者の名前はおわかりでしょうか？　您是否知道負責人的姓名呢？

公司內部的人都應該視為自己人，稱呼方式是「どの者」。如果有多位同姓，則可以問：「〇〇は社内に2人おりますが、フルネームをご存じでしょうか？」

……轉接給指定的負責人時

〇〇さんですね？　しばらくお待ちください
〇〇先生／小姐嗎？您暫時等一下

〇〇にかわりますので、
少々お待ちください
請稍候，為您轉接〇〇

かしこまりました。〇〇におつなぎいたします　好的，為您轉接〇〇

如果當下就能轉接，不需要讓對方等待的話，則不用「しばらく」，而是改說「少々」。也不要忘記公司內部人員都應視作自己人，省略敬稱。

……接到找自己的電話時

○○はわたしですが… ○○就是我本人……

はい。**わたくし、○○でございます**

是的，我就是○○

いつもお世話になっております 承蒙關照

記得要在電話裡稱呼自己為「わたくし」。句尾加上「～でございます」，禮貌程度更高。

……掛斷電話時

よろしくどうぞ… 麻煩了……

失礼いたします／ごめんくださいませ

不好意思／我就掛斷電話了

お電話ありがとうございました 感謝您的來電

沒把話說完，不清不楚地掛斷電話會讓人感覺不佳。應該要說「失礼いたします」、「ごめんください（ませ）」直到最後都保持著禮貌，再將話筒放下。

電話中看不到對方的表情，所以要比平時更細心

接聽電話

負責人不在或無法接電話

若負責人正好離席去吃午餐、開會，或是在接其他電話時就可以這麼應對。無論是什麼情況，都不應該強迫對方接受，而是以對方的期望為優先。

……負責人正好離席時

〇〇はいません 〇〇不在

〇〇はただいま、**席を外しております**

〇〇目前正好離開座位

いかがいたしましょうか？ 我能幫您什麼嗎？

負責人不在座位時，應該避免「いません」這種否定式說法，而是用「席を外している」來表達。即便你知道負責人是去洗手間或是抽菸，也不需要說出不在的理由。「いかがいたしましょうか？」則是用來詢問自己能幫忙做什麼。

告知負責人回座位的時間

〇〇はただいま、
席を外しておりますが、
10分ほどで戻ります

〇〇目前不在座位上，
約莫10分鐘後會回來

Point 接到外部公司打來的電話時，將所有公司內的人視為自己人是基本原則。注意不要講成「10分程度でお戻りになります」。

……正好回到座位上時

ちょうど戻ってこられましたので、お電話をかわります
他正好回來了，我請他接電話

ただいま、**戻ってまいりました**ので、お電話をかわります
他正好回來了，我請他接電話

少々お待ちくださいませ　請稍候

對非自己公司的人稱呼自家公司人員時，即便是上司，原則上也應該視為自己人來稱呼。應該用謙讓語，而不是尊敬語。

……負責人正在接聽別的電話

いま、別の方とお話し中です　他現在正在和別人說話

あいにく○○は**他の電話に出ております**
很不巧，○○正在接聽其他電話

いかがいたしましょうか？　我能為您做什麼嗎？

如果負責人正好講完了電話，則可以告知對方「ただいま、電話が済んだようです。少々お待ちください」。

……負責人正好外出時

○○課長は、お出かけになっております　○○課長外出了

あいにく、○○は**外出しております**
很不巧，○○目前外出中

申しわけございません　非常抱歉

用尊敬語「お出かけになって」稱自己公司人員的行為是不恰當的。職稱也有敬稱的含意，應當省略。

……負責人在開會時

○○のほうは、ただいま、会議中です ○○那邊正在開會

○○は離席しております。
○時には席に戻る予定でございます

○○目前離席中，預計○點會回到座位上

いかがいたしましょうか？ 我能為您做什麼呢？

若負責人正在開會或與人討論事情，建議只要說「離席しております」、「席を外しております」即可，不需要說出原因。並且把預計回座位的時間告知對方。

……負責人去出差時

○○は、バンコクに出張中です ○○去曼谷出差了

○○は、**あいにく出張中**
でございます

很不巧，○○正在出差中

来週の月曜日には出社いたしますが、いかがいたしましょうか？
下週一他就會來公司上班。請問我能為您做什麼嗎？

「あいにく」是用來表達因違背對方期許而感到過意不去。應該告知負責人下次進公司的時間，如果沒有特殊緣由，便不需要將出差地點告知對方。

……負責人休假時

○○は本日、お休みを頂戴しております ○○今天獲准休假

○○は本日、**休みをとっております**

○○今天請假

○日には出社の予定ですが、いかがいたしましょうか？
他預計○日會來上班。我能為您做什麼嗎？

有部分意見認為「お休みを頂戴する」、「お休みをいただく」這種表達方式並非正確的謙讓語用法。直接說「休みをとっております」、「休んでおります」即可。

……負責人已經下班回家時

〇〇さんは、もう帰られました 〇〇先生／小姐已經回去了

あいにく〇〇は、**帰宅いたしました**

很不巧，〇〇已經回家了

明日（みょうにち）は、〇時に出社いたしますが、いかがいたしましょうか？
他明天〇點會來上班。我能幫您做什麼呢？

原則上同公司的人都應當做自己人。用尊敬語「帰られました」就會變成在尊敬同公司的人，而不是尊敬對方。

……負責人因病休假時

〇〇は体調をくずし、休みをいただいております
〇〇因為身體不舒服，申請休假了

申しわけございません。〇〇は本日、**休みをとっております**

非常抱歉，〇〇今天請假

よろしければ、代理の者がうけたまわりますが…
您介意讓代理人來接聽嗎？

不需要和外部的人說明病假等的理由。單純告知「休みをとっている」，並說明會由代理人來接聽即可。

允諾回電

負責人不在時，最常見的處理方式就是再回電。要正確地問清楚對方的公司名稱、部門名稱、姓名與電話號碼，避免傳達錯誤資訊。

……詢問對方電話號碼時

電話番号を頂戴できますか？ 可以給我您的電話號碼嗎？

念のため、〇〇様のお電話番号を**教えていただけますでしょうか？**

慎重起見，能否請您留下電話號碼？

〇〇は、〇〇様の電話番号を存じておりますでしょうか？
〇〇是否知道您的電話號碼呢？

電話號碼不是用給的「東西」，所以「頂戴する」這種表達是錯誤的。比起拜託對方「電話番号を教えてください」，詢問「教えていただけますでしょうか？」可以讓人留下更禮貌的印象。

Point 電話號碼、日期、時間等數字相關的內容一定要複誦。「1（いち）」、「7（しち）」、「8（はち）」是特別容易聽錯的數字，需要格外留意。

……對方想盡快取得聯繫時

急ぎの用件でしたら、○○の携帯におかけいただけますか？

有急事的話，能不能請您打○○的手機？

本人に伝え、**折り返し連絡を差し上げます**

我會轉告他，由他本人回電給您

至急こちらから連絡をとり、折り返し、連絡をさせます

我會盡快和他取得聯繫，由他回電給您

對方有急事時，原則上應該由我方聯繫負責人，請教該如何應對。除非有特殊緣由，否則不應將個人手機號碼告知其他公司的人。

……詢問是否需要回電時

お戻りになりましたら、お電話をおかけするようにお伝えしましょうか？

等他回來後我再轉告他，請他致電給您好嗎？

戻りましたら、○○からご連絡いたしましょうか？

○○回來後，需要由他聯繫您嗎？

よろしければ、こちらからお電話をさせていただきますが…

如果方便的話，是不是由我們回撥電話給您……

此處的「お戻りになる」、「お電話をおかけする」、「お伝えする」等敬語都是在對不在的負責人表達尊敬，是錯誤用法。

……讓對方在電話上等候時

まだ、しばらくかかりそうなので、かけ直していただけますか？

還需要再花一點時間，請您等一下再重打好嗎？

長引きそうですので、**終わりましたらこちらからお電話いたします**

他短時間內無法接聽，等他結束後會主動聯繫您

たいへんお待たせして、申しわけございません　很抱歉讓您久候

讓對方在線上等候的時間原則上應該壓在1分鐘內。如果要讓人等候超過1分鐘，則應提議由我方回電。

接聽電話

替負責人詢問事情內容

代替負責人詢問對方的要事時，必須說「よろしければ…」先徵詢對方的同意。切忌使用強迫對方接受的說法。

……代替負責人詢問事情內容時①

わたしがかわりに用件を聞きましょうか？ 我代替他聽您說吧

わたくしがご用件を**うけたまわります**が、
よろしいでしょうか？ 您不介意的話，可以把事情告訴我

よろしければ、ご用件をおうかがいしましょうか？
方便請教是什麼要事嗎？

「うけたまわる」、「うかがう」是「聞く（聽、問）」的謙讓語。使用「よろしいでしょうか？」「よろしければ…」等詢問、請求的形式可將姿態放低，比較容易問出對方有什麼事。

謙讓語

うけたまわる…「ご用件をうけたまわります」
うかがう…………「ご用件をうかがいます」

Point 「お聞きする」、「拝聴する」也是聽、問的謙讓語，不過「用件を聞く（詢問要事）」通常會用「うけたまわる」、「うかがう」來表達。

○○さんから用件を聞いておくようにと言われておりますので… ○○要我先問您有什麼事……

担当の○○から、**用件をおうかがいしておくように**、ことづかっております

負責人○○託我轉達，請您告知有什麼事情

わたくし、○○と同じ部署の○○と申します　我和○○同部門，敝姓○○

「うかがう」是「聞く」的謙讓語。加上「お」就會變成雙重敬語，但「おうかがいする」已經成了慣用說法，不算用錯。

了解しました。○○に伝えておきます 了解了。我會轉告○○

わたくし、**○○がうけたまわりました**

我是○○，已經收到您的留言

お電話ありがとうございます　謝謝您的來電

「了解」有許可的意思在，故此處不可使用。應該說「うけたまわりました」，並同時報上自己的姓名。

○○は、本社に異動になりました ○○轉調到總公司了

担当がかわっておりまして、○○の**後任の○○におつなぎいたします**

目前已經不是由○○負責，我將為您轉接繼任的○○

申しわけございません　非常抱歉

此處使用「新しい担当の者におつなぎいたします」的說法來應對。除非有特殊原因，否則不需要告知離職或調職等實情。

接聽電話

不同情況下的應對

打來公司的電話五花八門。無論碰到什麼情形，最重要的就是有代表公司的自覺，使用禮貌的言詞來表達尊敬。

……員工家屬來電時

〇〇ですね。社内におりますので、すぐに呼び出します

您找〇〇嗎？他在公司，我立刻叫他來聽

社内に**いらっしゃいます**ので、
少々お待ちください

他在公司裡，請稍候

〇〇さんには、いつもお世話になっております

平日裡總是受〇〇先生／小姐的關照

和非自己公司的人使用敬語時，應將自己公司的員工視為自己人，但是在面對員工家屬時，則破例使用尊敬語和敬稱。不要直呼對方重要的家人的名諱，以免留下壞印象。也不要忘記寒暄：「〇〇さんにはいつもお世話になっております」。

該員工不在時

〇〇さんは、
ただいま席を外して
いらっしゃいます

〇〇先生／小姐
目前不在座位上

〇〇課長は
外出なさっており、
〇時に戻られる予定です

〇〇課長目前外出，
預計〇點回來

Point 和員工家屬說話時，不應該直呼該員工的名諱，並且要用尊敬語表達該員工的行為。

……聽不清對方聲音時

もう少し大きな声でお話ください 請說大聲一點

お電話が少々遠いようなので、もう一度
おっしゃっていただけませんでしょうか？
電話的聲音好像不清楚，可以請您再說一遍嗎？

申しわけございません 很抱歉

這是聽不清對方聲音時的慣用說法。用「～していただけませんでしょうか？」來請求對方，會比說「～してください」顯得更禮貌。

……乘車中手機鈴響時

いま、電車の中なので、あとでかけ直します
我現在在搭電車，晚一點再回撥給您

ただいま、移動中ですので、**○分ほど**
しましたらこちらからご連絡いたします
我正在乘車，大約○分鐘後回電給您

申しわけございません 非常抱歉

簡潔俐落地告知會回電。先說出回電的時間，可以減輕對方等電話的壓力。

……實在分身乏術時

いま、手が離せないので、あとでかけ直します
我目前抽不開身，晚一點再回撥給您

のちほどお電話を**させていただきたい**
のですが、よろしいでしょうか？
能否容我稍候再回撥給您？

申しわけございません 非常抱歉

不管再怎麼忙，「手が離せない」這種說法都會讓人觀感不佳。應該用「させていただく」的說法來徵求對方同意。

……電話突然中斷時

電波の状態が悪いみたいですね 訊號好像不太穩

たいへん失礼いたしました 非常抱歉

もう一度、○○におつなぎいたします 我為您重新轉接給○○

電話說到一半突然切斷時，由致電方重新撥打是基本禮貌。即便切斷的原因出在對方身上，也應在接起後率先道歉。

……在對方打來的電話中告知另一件事時

そういえば、〜の件はその後どうなりましたか？
對了，〜的事後來怎麼樣了？

いただいた電話で恐縮ですが…

不好意思，在您打來的電話中詢問這件事……

〜の件は、その後どうなりましたでしょうか？
關於〜，請問之後是什麼情況呢？

用「いただいた電話」來稱呼接起的電話。如果是一時半刻結束不了的內容，則應該先掛斷再撥給對方，才是社會人士應有的禮儀。

……對方打錯部門時

そちらの用件でしたら、○○部にかけ直してください
如果是這件事，請您重新打給○○部

お手数ですが、00-0000-0000番に **おかけ直しいただけませんでしょうか？**

不好意思，能否勞煩您重新撥到以下的號碼？號碼是：00-0000-0000

ご用件の部署は○○部でございますので…
您說的這件事屬於○○部門……

「かけ直してください」是命令口吻並不恰當。開頭應該先說「申しわけございません」，再客氣地要求：「おかけ直しいただけませんでしょうか？」

番号を間違えていますよ　你打錯了喔

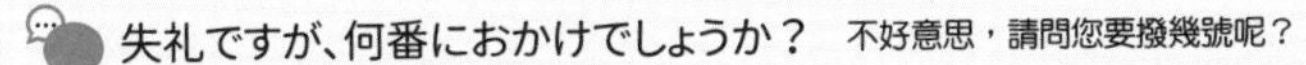

番号を**お間違えのようです**

您似乎撥錯號碼了

失礼ですが、何番におかけでしょうか？　不好意思，請問您要撥幾號呢？

不要直接指責「你打錯了」，而是說「這こちらは〇〇商事ですが、どちらにおかけでしょうか？」和對方核對撥打的號碼。

けっこうです　不必了

当社では**そのようなお電話はお断りしております**ので、失礼いたします

敝公司謝絕這類電話。不好意思

申しわけございませんが…　很抱歉……

不要不假思索地拒絕，應該禮貌地回應。倘若是死纏爛打的推銷電話，用「仕事中ですので、失礼いたします」的說法來嚴詞拒絕也不失為一個辦法。

道歉電話與客訴處理

處理客訴的基本原則就是傾聽。倘若滿嘴都是心口不一的敬語，有可能會火上澆油，讓對方更為光火，因此用字遣詞上不可不慎。

……允諾客戶會向店長呈報時

お客さまがおっしゃられたことは、店長にお伝えします

我會將您說的話轉告店長

お客さまが**おっしゃった**ことは、店長に**申し伝えます**

我會將您說的話轉告店長

貴重なご意見をたまわり、ありがとうございました

非常謝您提供寶貴的意見

「お伝えする」、「申し伝える」都是謙讓語，但「お伝えする」會變成在尊敬店長。「申し伝える」則是恭維客人的謙讓語，才是正確的敬語用法。

雙重敬語

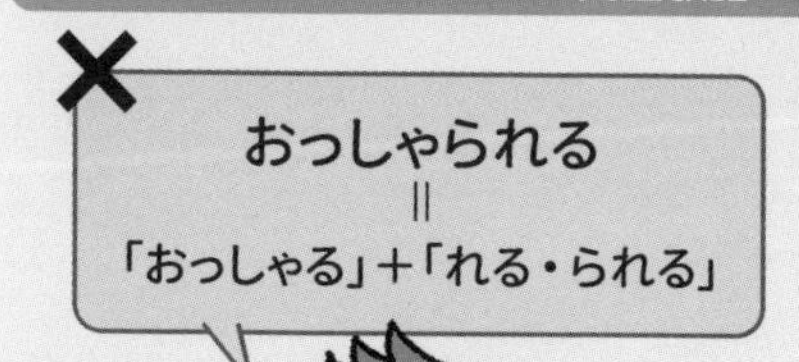

Point 「おっしゃられる」是對「言う」的敬語再加上「れる・られる」，形成了雙重敬語。用最簡單的「おっしゃる」就可以了。

……詢問客訴詳情時

担当部署におつなぎする前に、まずはお話を聞かせてください
在轉接給承辦部門前，請先告訴我是什麼事情

くわしいお話を**お聞かせいただけませんでしょうか？**
能否請您告知詳情？

恐れ入りますが…　不好意思……

處理客訴電話時，接起後的第一聲最為關鍵。用「お聞かせいただけませんでしょうか？」的請求態度可博得對方的信任。

……為明顯的過失致歉時

ご迷惑をおかけしたようで…　好像給您添了麻煩……

わたくしどもの不手際で**ご迷惑をおかけし、まことに申しわけございません**
很抱歉由於我們的疏忽造成您的不便

心からおわび申し上げます　誠懇地向您致歉

「ご迷惑をおかけしたようで」這種不清不楚的說法像是在逃避責任，沒有誠意。

……安撫對方的怒氣時

お客さまは、なぜお怒りなのでしょうか？　客人您在氣什麼呢？

お客さまの**お怒りはごもっとも**でございます
您會生氣也在情理之中

このたびは、たいへんご迷惑をおかけしております
很抱歉這次造成您莫大的不便

當對方情緒失控時，優先該做的是表達理解，讓對方息怒。傾聽對方的要求，尋找對策。

……為說明不足道歉時

担当者の言葉が足りず… 負責人沒和您說清楚……

わたくしどもの説明が
いたりませんで…
是敝公司的說明不夠充分……

申しわけございません　非常抱歉

即便是個人的疏忽，也依然是整間公司的責任。應該注意措辭，不要讓人覺得將責任都推給負責人一人承擔。

……想查明原因再回答時

できるだけ早く、ご連絡をさしあげます 我們會盡快與您聯絡

担当の者に確認をいたしまして、
こちらからご連絡いたします
我會向負責人確認後再聯絡您

1時間ほどお時間をいただけますでしょうか？
能不能請您給我1小時左右的時間？

承諾會聯繫對方時，要告知具體的時間。如果對方沒有要掛電話的意思，則可以開口要求：「いったん電話をお切りになって、お待ちください」。

……想和上司商量時

わたくしではよくわからないので、お答えのしようがありません
我不是很清楚，無法回答您

申しわけございませんが、**わたくしの**
一存ではお答えいたしかねます
非常抱歉，我無法單憑個人的意見回答您

上司と相談いたしまして、こちらから改めてご連絡をさせていただきます
請容我和上司商討後，再次與您聯繫

不可以說「わからない」、「できない」這類否定的說法。如果對方的要求蠻不講理，可以說：「お話の意図をはかりかねます」。

他の者にかわるので、ちょっとお待ちください
我請其他人來聽，請等一下

わたくしではわかりかねますので、
担当の者にかわります 我無法回答您，
請容我為您轉接負責人

担当の者が戻りしだい、こちらからすぐにご連絡をさしあげます
等負責人回來，我會請他立刻與您聯繫

最好要將事情交接清楚，別讓對方再將情況說明第二遍。如果對方感覺到被踢皮球，肯定會更加怒不可遏。

名前と電話番号を教えてください 請告訴我您的姓名和電話號碼

お客さまのお名前とご連絡先を
うかがえますでしょうか？
能否請教客人您的姓名和聯絡方式？

恐れ入りますが… 恕我冒昧……

使用「うかがえますでしょうか？」這樣徵詢對方同意的問法。「お名前」、「ご連絡先」前的「お」、「ご」是用來向對方表達敬意的尊敬語。

COLUMN

否定和命令句的替代說法

讓人刮目相看的社會人士除了懂得使用適當的敬語和用字遣詞，也會在表達方式下功夫。在與生意夥伴往來以及接待客戶時，將否定、命令的語句替換為其他說法，可以更容易得到對方的同意或許可。

將否定語句轉為肯定語句

わかりません 不清楚

↓

わかりかねます 請恕我難以回答

例：その件につきましては、こちらではわかりかねます　關於那件事，請恕我難以回答

できません 辦不到

↓

いたしかねます／できかねます 恕難辦到

例：本日中のお届けは、できかねます　請恕我們難以在今天內送達

用拜託的方式提出要求

～してください 請您～

↓

～していただけませんか？ 能否請您～呢？

例：打ち合わせの日時を変更していただけませんか？　能否請您更改開會時間呢？

～しないでください 請勿～

↓

ご遠慮いただけませんでしょうか？ 能否請您顧慮一下呢？

例：おタバコはご遠慮いただけませんでしょうか？　能否請您顧慮一下不要抽菸？

溝通交流

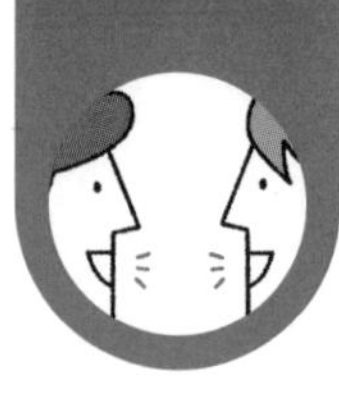

應答

在公司內不一定要拘泥於使用敬語，但日常的溝通交流能夠讓員工們更加團結，滋潤人際關係。

……完成工作後被上司道謝時

どういたしまして 不客氣

行き届きませんで…

不是做得很好／還不夠周到……

お役に立てましたでしょうか？ 有幫上您的忙嗎？

對尊長說「どういたしまして」還是傲慢了些。「行き届きませんで…」這樣的回答包含了一種「我做得非常努力，您還滿意嗎？」的謙遜態度。

Point 「行き届きませんで…」可以表達出謙遜的美德。應該展現出「可能力有未逮，但希望您還滿意」的謙虛心態。

……附和上司或前輩說的話

なるほど 原來如此

はい／そうですか／わかりました

嗯／這樣啊／我明白了

かしこまりました／勉強になりました 我知道了／受益良多

「なるほど」是尊長對下級的人表達感佩時說的話。倘若由下級者來說，會有一種在評價對方的含意。

……表達佩服時

本当ですか！ 真的嗎！

太佩服了

そうですか 這樣啊

附和時說「本当ですか！」可能會讓人覺得你在懷疑他說的話。也絕對不可以用試探性地確認口氣說「マジですか！」

……給予協助時

やりましょうか？ 我來弄吧？

よろしければ、**お手伝いいたしましょうか？**

是否需要我幫忙呢？

何かお手伝いできることはありませんか？ 有沒有我能幫得上忙的事？

「やりましょうか？」這句話有可能給人粗魯的印象。要用主動幫忙的說法，而不是顯得不情不願。

……拒絕別人幫忙時

けっこうです／大丈夫です 不必了／沒關係

目処がつきましたので、
どうか**お気づかいなく…** 我已經有眉目了，您不必費心……

ありがとうございます 謝謝

「けっこうです」、「大丈夫です」也會給人一種「不需要借助你的力量，我也能自己獨立完成」的感受。

……拒絕別人的推薦時

いいです 沒關係

いいえ、けっこうです 不，不用了

ありがとうございます 謝謝你

別人推薦了什麼東西時，應該明確地說「はい」還是「いいえ」。「大丈夫ですよ」並不是個好回答。

……上司來關心時

なんとかやっております 勉勉強強，還做得來

おかげさまで、少しずつ
仕事に慣れてきました 託您的福，已經逐漸習慣這份工作了

いつも気にかけてくださり、ありがとうございます 感謝您總是關心我

在上司來慰問關懷時表達感謝是基本禮儀。「なんとかやっております」不但無法表達感謝，也讓人感受不到對工作的積極態度。

もう少し、がんばってみます　我再努力試試看

▼

ご期待にそえるように、がんばります

我會努力不辜負您的期望

お心配りありがとうございます　謝謝您的關心

上司或前輩為自己加油打氣時，毫無反應可不好。告訴他們「がんばります」，展現樂觀進取的一面吧。

とんでもございません　您謬讚了

▼

ありがとうございます。おほめいただき恐縮です

謝謝，承蒙您誇獎，不敢當

今後ともご指導、よろしくお願いいたします　今後也請惠賜指教

用來表達謙虛的「とんでもございません」一詞，其實也包含了否定對方讚美的意思，須謹慎使用。

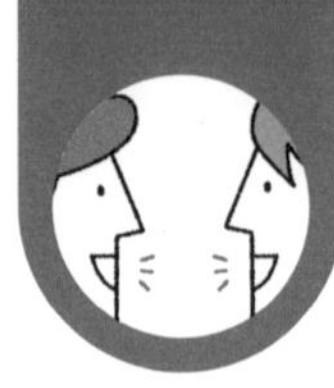

公司內的溝通交流

被上司或前輩邀約

下面是工作結束後面臨飯局、酒局邀約時的例句。在上司、前輩面前，即便是工作之外的私下場合，也應注意言詞禮貌，給足對方面子。

……飯局或酒席上的對話

部長は、このお店をよくご利用されるんですか？

部長經常光顧這間店嗎？

部長は、このお店をよく**利用される**のですか？

部長經常光顧這間店嗎？

このお店をよく**ご利用なさる**のですか？　您經常光顧這間店嗎？

比較恰當的敬語是「利用される、利用なさる、ご利用になる、ご利用なさる」。「ご利用される」是將謙讓語的型態「ご～する」再加上尊敬語「れる」而成，作為敬語使用並不恰當。

稱讚店家氣氛時

Point 在介紹人面前稱讚他熟識的店家，對方也會覺得高興。只是尊敬語不應該使用在人以外的事物上。不要用「いらっしゃる」，直接說「すてきな内装ですね（裝潢真好看）」即可。

……受邀參加飯局或酒席時

いいですよ 好啊

はい、**喜んでお供いたします**

好的，我很樂意同行

ぜひごいっしょさせていただきます 請務必讓我一起去

表現出主動想參加的態度是基本禮貌。說「いいですよ」則可能會給人「被約了只好參加」的消極印象。

……因為有事而婉拒時

今日はちょっと野暮用がありまして… 今天有點事情要辦……

本日は**どうしても外せない予定**が入っておりまして…

今天已經有安排，實在無法抽身……

お誘いありがとうございます 感謝您的邀約

基本說法是表達感謝之意後再婉拒。「ちょっと野暮用が…」是比較含糊的表達，給人的觀感不佳。

……因身體不舒服而婉拒時

今日はやめておきます 我今天就不去了

せっかくのお誘いなのですが、
風邪気味で体調が万全ではありません

承蒙您特地邀約，但我有些感冒，身體不是很舒服

次回は必ず参加させていただきますので、またお声かけいただけますでしょうか？
下一次我一定參加，您願意再度邀請我嗎？

應該向對方解釋自己是不得已無法參加的理由。把自己「下一次還想再被約」的想法說出來，下次有機會時，對方也更好開口邀約。

……被催促用餐時

では、ご遠慮なくいただきます 那我不客氣了

恐れ入ります。
それでは、いただきます 實在惶恐。那我開動了

ありがとうございます。いただきます 謝謝。我開動了

「遠慮なく」是請人用餐者要說的話。別人幫自己斟酒時，也不要默不作聲地接受，可以說句「恐れ入ります。では、いただきます」之類的話。

……告知不會喝酒時

すみません。わたし、下戸なんです 對不起，我不喝酒

不調法で、申しわけありません

非常抱歉，我不懂酒

それでは一杯だけ、いただきます 那我就喝一杯

「不調法」是委婉地告知自己不喝酒時的謙卑說法。所以不會說「部長は、不調法でしたよね」。

……對方表示要付帳時

(即座に) ありがとうございます （立刻接話）謝謝

それでは、**お言葉にあまえさせていただきます**

那就恭敬不如從命了

(会計を済ませてから) ありがとうございます （結完帳後）謝謝招待

上司或前輩說要請客時，禮貌上要先推辭一次，表明付錢的意願。當對方再次表示要請客時，再禮貌地道謝並接受對方的好意吧。

……謝謝對方款待時

すみません 不好意思

ごちそうさまでした。とても
おいしくいただきました

感謝款待。
東西非常好吃

昨日（さくじつ）は、ありがとうございました
昨天承蒙您款待，非常感謝

表達感謝之意時，不要說「すみません」，應該說「ごちそうさまでした」、「ありがとうございます」。

……婉拒續攤的邀約時

わたしは、ここで失礼します 我就先告辭了

ぜひお供したいのですが…

我很想陪同，但……

次回またお誘いください 還請下次再約我

一口回絕別人的熱情邀約是不禮貌的行為。讓對方明白你「不得不回家」的苦衷吧。

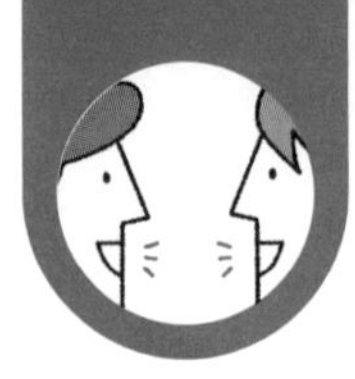

公司內的溝通交流

日常寒暄搭話

正確的用字遣詞習慣是從反覆失敗當中逐漸培養出來的。積極與上司、前輩對話，就是為習得敬語製造絕佳機會。

……和上司或前輩同時間外出時

どちらへお出かけになられるのですか 您是要去哪裡呢？

○○さんは、どちらへ
お出かけになるのですか？ ○○先生／小姐，您是要去哪裡呢？

では、駅までごいっしょさせてください　那請讓我一起去車站吧

「お出かけになられる」是尊敬語「お出かけになる」又加上「れる･られる」所形成的雙重敬語。簡單地說「お出かけになる」就行了。

Point 想要表達禮貌時，一不小心就容易說成雙重敬語，要多加留意。

……詢問對方是否吃過午餐了

昼食をいただかれましたか？ 您享用過午餐了嗎？

昼食を**召し上がりましたか**？

您吃過午餐了嗎？

昼食をお食べになりましたか？ 您吃過午餐了嗎？

「いただく」是「食べる」的謙讓語，此處不可使用。也可以問「お食べになりましたか？」「食べられましたか？」但敬意會稍微低一些。

……詢問是否要喝茶時

課長も、お茶をお飲みになりたいですか？ 課長您也想喝茶嗎？

課長も、お茶を
お飲みになりますか？

課長您也要喝茶嗎？

お茶、いかがですか？ 您要喝茶嗎？

比起問「お飲みになりたいですか？」使用「お飲みになりますか？」的問法會顯得更禮貌。

……詢問上司是否曉得時

部長は、○○社の社長を存じ上げていますか？
部長，您曉得○○公司的社長嗎？

部長は、○○社の社長を
ご存じですか？

部長，您曉得○○公司的社長嗎？

○○社の社長の○○様をご存じでしょうか？
您曉得○○公司的社長，○○先生／小姐嗎？

「存じ上げる」是為了尊敬該間公司社長而使用的謙讓語。在這個場景裡，尊敬的對象應該是和自己說話的部長，因此要說「ご存じですか？」

……詢問對方會不會說英文時

課長は、英語をお話しになれるんですか？ 課長，您會說英文嗎？

課長は、**英語をお話しになりますか？**

課長，您說英文嗎？

課長は、釣りをなさいますか？ 課長，您釣魚嗎？

「お話しになれるんですか？」帶有質疑上司能力的語意，作為下屬的發言，是有些不恰當的。

……詢問假日安排時

ゴールデンウィークには、どこへいらっしゃるつもりですか？

黃金週時您打算去哪裡？

ゴールデンウィークには、どちらへ**いらっしゃいますか**？

黃金週時您會去什麼地方呢？

夏休みの**ご予定はお決まりですか**？ 您的暑期休假已經有安排了嗎？

雖然不算錯誤敬語，但是用這樣的方式詢問上司還是不夠得體。「どこへ」改成「どちらへ」會更加禮貌。

……表達見到上司的家人時

このあいだ、奥さんに会いました 之前我見到您太太了

先日、奥様に**お目にかかりました**

前幾天我見到了尊夫人

先日、奥様とごいっしょのところをお見かけいたしました
幾天我看見您和尊夫人在一起

「お目にかかる」是「会う」的謙讓語。也可以說「お会いしました」，但「お目にかかる」的敬意更大。

……贈禮給上司時①

よろしければお食べください 不嫌棄的話，請吃吃看

お口に合うかどうかわかりませんが、
どうぞお召し上がりください

不知道合不合您的口味，請嚐嚐看

めずらしい品なので、ぜひ召し上がってみてください
這是比較罕見的東西，請務必嚐嚐

在某些情況下，有時候直接讓對方知道「我想讓你品嚐好吃的東西」更能讓對方留下好印象。

……贈禮給上司時②

うちの母親が、部長に食べてもらいたいということで送ってきました
我媽媽寄了這些東西來，說是希望給部長吃吃看

実家の母が、部長に**召し上がっていただきたい**
ということで**送ってまいりました**

這是家母從老家寄來的，希望讓部長您嚐嚐

故郷から送ってきたものですが… **這是我家鄉寄來的東西……**

此處要使用尊敬語「召し上がる」與謙讓語「まいる」。「うちの母親」也可以改成更客氣的說法「実家の母」。

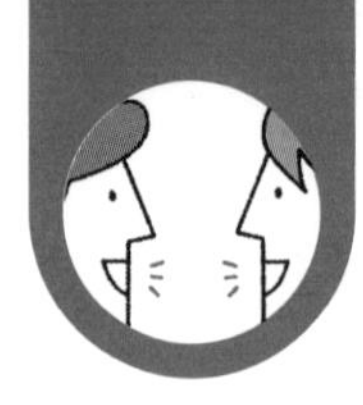

與公司外部溝通交流

和關係親近的人閒聊

和外面公司的人熟稔了以後，有時也會聊一些工作以外的事。只是無論在什麼情況下，都不應忘記用敬語來恭維對方。

……詢問住處時

どこに住んでいるんですか？ 你住在哪呢？

お住まいは**どちら**ですか？

貴府位於哪裡？

どちらにお住まいですか？ 請問貴府的地址是？

關係變親近之後，問對方住在哪裡也並不算失禮。「お住まい」是「住まい」的禮貌形。應該用「どちら」取代「どこ」，禮貌地詢問「どちらですか?」

被問住在哪裡時

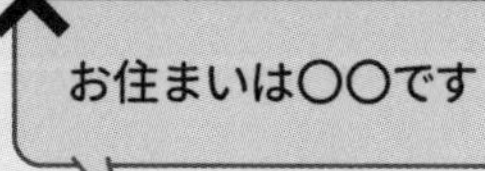

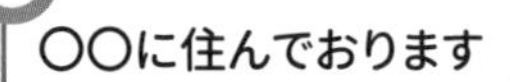

Point 被問到「お住まいはどちらですか？」時，小心別被對方的問法誤導，回答成「お住まいは〇〇です（貴府在〇〇）」了。

最近は、ゴルフをやられていますか？ 您最近有在打高爾夫球嗎？

最近は、ゴルフを**なさって**いますか？ 您最近有在打高爾夫球嗎？

御社の社長も釣りをなさいますか？ **貴公司社長也有在釣魚嗎？**

「なさる」是「する」的尊敬語。「やる」則不適合做為敬語。即便說成「ゴルフをおやりになっていますか?」也無法表達尊敬之意。

すてきなコートでいらっしゃいますね 您穿的大衣真好看

すてきな**コートですね** 您穿的大衣真好看

社長はいつもお元気でいらっしゃいますね **社長總是精氣十足呢**

尊敬語不可用在人以外的事物上，例如說「すばらしい絵でいらっしゃいますね」、「かわいい猫ちゃんでいらっしゃいますね」都是不對的。

今度は、いつこちらにまいられますか？ 下次您什麼時候拜訪呢？

次は、いつこちらに**いらっしゃいますか？** 下次您什麼時候光臨呢？

次は、いつこちらに来られますか？ **下次您什麼時候過來呢？**

「まいる」是謙讓語，不能用來指對方的行為。此處應該使用尊敬語「いらっしゃる」，問對方：「いらっしゃいますか?」

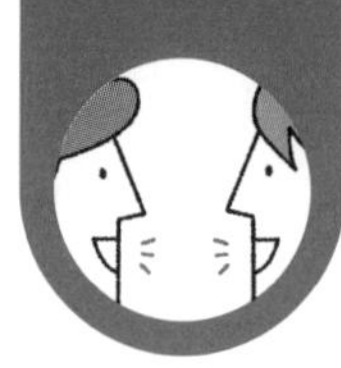

問路

此處介紹叫住路人請教地方或走法的敬語表達。和陌生人說話時也要注意用字遣詞，使用抬高對方地位的禮貌說法。

……叫住別人時

ちょっと、聞きたいのですが… 我想問一下……

恐れ入ります。道を**おたずねしたい**のですが…

冒昧向您問個路……

失礼いたします 不好意思

使用緩衝語句「恐れ入ります」叫住路人後，使用「たずねる（詢問）」的謙讓語如「おたずねする」、「お聞きする」。「ちょっと」這種漫不經心的問法則要盡量避免。

謙讓語

- おたずねする／請教
- お聞きする／打聽
- うかがう／請問
- おうかがいする／請問

Point 「おうかがいする」是「うかがう」＋「お～する」形成的雙重敬語，但如今已成了習慣用法。

駅は、どうやって行くんですか？ 要怎麼去車站？

駅へは、**どのように**行けばよろしいのでしょうか？

請問到車站應該怎麼走呢？

タクシー乗り場は、どちらにあるかご存じでしょうか？
請問您知道計程車招呼站在什麼地方嗎？

要請教別人事情時，使用敬語是最基本的禮貌。比如將「どうやって」改說成「どのように」，用字選詞上須多加斟酌。

バスターミナルはどっちですか？ 哪邊是巴士轉運站？

バスターミナルは**どちら**でしょうか？

請問巴士轉運站在什麼地方呢？

恐れ入りますが… 不好意思，想請教您……

不要冒冒失失地問，應該先用「恐れ入ります」、「失礼いたします」這類語句鋪墊後再詢問。只要將「どっち」改說成「どちら」，就能夠增加禮貌程度。

どうもすみませんでした 真是不好意思

ご丁寧に**ありがとうございました**

謝謝您細心為我指路

ご親切にありがとうございました 謝謝您熱心為我指路

「すみません」是一句相當好用的話，但是要對幫助自己的人傳達感謝之情時，就直接說「ありがとうございました」吧。

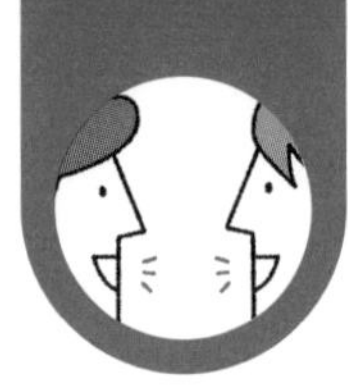

與陌生人交流

在公共場所或交通工具內

僅僅學會正確用語、成為敬語大師，也無法縮短人與人之間的距離。不要忘了對周圍人的體諒與禮讓之心。

……禮讓座位給站著的人時

座りますか？ 要坐嗎？

よろしければ、
どうぞ**おかけください**
不嫌棄的話，請坐

よろしかったら、どうぞ**お座りください** 不嫌棄的話，請坐

在電車或公車內讓位給年長者或殘疾者時可以這麼說。就算被推辭了，也可以說「わたくしはすぐに降りますので…（我馬上就要下車了）」緩解對方的顧慮。

告知有空位時

**こちらの席が空いていますが、
おかけになりませんか？**
這裡有空位，您要不要坐呢？

Point 告訴站著的人有空位時可以這麼說。使用疑問句：「おかけになりませんか？」來詢問，讓對方更願意接受你的好意。

禮讓人優先時

よろしければ、お先にどうぞ…
您先請……

Point 這是在結帳櫃檯或售票處禮讓他人優先時的說法。對方道謝時，則回覆「どういたしまして」。

……坐在別人身旁時

ここ、いいですか？ 這裡可以坐嗎？

こちらのお席、空いていますか？

請問這裡是空位嗎？

（「どうぞ」と言われたら）恐れ入ります　（對方說「請坐」時）不好意思

這是在電影院、咖啡廳，以及交通工具內就座時的說法。即便知道是空位，默默坐下也會讓人觀感不佳。此時就可以向鄰座的人說些這樣的話。

……向困擾的人搭話時

どうかいたしましたか？ 怎麼回事？

どうかなさいましたか？ 您怎麼了呢？

何かお困りでしょうか？　您有什麼困擾嗎？

「どうかいたしましたか？」的說法有「發生了什麼問題嗎？」的含意，或許會冒犯到對方。

……提醒對方東西掉了時

これ、あなたのではありませんか？ 這個是你的嗎？

こちら、落とされませんでしたか？

這是不是您掉的東西？

失礼ですが、傘をお忘れではありませんか？
不好意思，您是不是把傘忘了？

「これ」應該改說「こちら」。第二人稱「あなた」原本是對上級者的尊稱，但現在只會對平輩或位階低於自己的人才這麼說。

監修：山田敏世

自由之丘產能短期大學能率科教授。
產業能率短期大學、專修大學畢業。先後擔任過綜合商社常務委員祕書、專業院校祕書科講師，並於平成3年（1991年）設立有限會社CROSS POINT。在產業能率大學負責教授敬語、商務禮儀、祕書檢定、服務檢定課程，並擁有豐富的培訓講師經驗，主要講授企業祕書培訓、主管職能訓練。
擔任過祕書檢定準1級面試官、商業實務禮儀檢定考試委員、服務接待檢定考試運營委員。現任實務技能檢定協會評委、祕書／服務教育學會監察人。

國家圖書館出版品預行編目(CIP)資料

商用職場必備!超解析日本語敬語：情境X對象X例句快速查找,高效學習即刻開口說/山田敏世監修；曾瀞玉, 高詹燦譯. -- 初版. -- 臺北市：臺灣東販股份有限公司, 2023.03
176面；11.5×17.3公分
ISBN 978-626-329-665-7(平裝)

1.CST: 日語 2.CST: 職場 3.CST: 敬語

803.168 112000361

商用職場必備！超解析日本語敬語

情境×對象×例句快速查找，高效學習即刻開口說

2023年3月1日初版第一刷發行

監　　修　山田敏世
譯　　者　曾瀞玉、高詹燦
編　　輯　曾羽辰
特約美編　鄭佳容
發 行 人　若森稔雄
發 行 所　台灣東販股份有限公司
<地址>台北市南京東路4段130號2F-1
<電話>(02)2577-8878
<傳真>(02)2577-8896
<網址>http://www.tohan.com.tw
郵撥帳號　1405049-4
法律顧問　蕭雄淋律師
總 經 銷　聯合發行股份有限公司
<電話>(02)2917-8022

TOHAN